U0071779

GAEA

Gaea

藍之夢

陳凱琳

推薦序

作家　張典婉

凱琳是近年台北市客委會——後生文學獎常勝軍，每回作品都令人落入沉思，恭喜她集十部短篇的南方書寫《藍之夢》出版了。

南方書寫客家，有的是濃醇地域風景、歲時祭祀，和十篇作品中重複出現的生活風暴。客家庄在上個世紀歷經農業社會，城鄉轉型，傳統聚落碎成紙片，飄零家族，隔代教養，婚姻關係離散，和刻板印象中和睦相處，和樂融融的三代同堂有巨大反差。

十篇作品中，大部分以書寫女性生命故事爲出發，從〈細妹仔〉的女主角滿妹，〈花令〉中的金意，一再以不同形式、身分出場的阿婆，分別敍事的死亡喪禮，告別生活斷裂的回憶，作者爲了作品時空地域環境，用心設計了不同庄頭出場序，〈花令〉文中女主角金意嫁到新埤頭的鏡庄，〈客家女兒紅〉的美濃，穿梭在小說巷弄中的堂號，吃食堆疊客家生活記憶中的氣息，如影隨形的控訴男女大不同的社會制約，都讓作者藏身在每篇小說中，童養媳，不能分家產的女性，老了還要承擔撫養第三代孫子的生活磨難，宗族家祠推不去的高塔，〈敬字人〉中曾經有過理想的早慧詩人，死於戰後北門無差別屠殺。

作者像是織布人，忙碌工整在不同作品主題鋪陳了南方客家家園的風景，每個人站在不同庄頭，接力傳唱客家精神外的眞實面貌，十篇小說都展現迥異時空，接續出南方客家的宗祠祭祖，生活儀式及生命故事情節的困境，也脫離了歌頌客家忠孝節義的傳統枷鎖。更期待凱琳年年有新作品，爲客家書寫多一道彩虹。

推薦序

國立屏東大學中文系主任　黃文車

凱琳碩士班階段跟著我處理屏東古典詩，但大學時期她已參與我的屏東民間文學田野調查團隊，一起走訪屏東各處，踏查紀錄那些被遺忘的地方傳說。從那時起，凱琳諸多研究表現都與文史、田野有關，近年她轉戰文學創作，也將研究視角帶入了書寫中，因而創造出一篇篇傳奇卻又具有生命的故事。

《藍之夢》是凱琳繼《藍色海岸縣》的第二本書寫屏東的小說，本書的出版印證了凱琳一直堅持的地誌書寫與田野踏查；而《藍之夢》所獲得國藝會創作補助與後生文學獎肯定，更可證明她已掌握了如何將田野歷史轉化成小說創作的技巧。

如果說《藍色海岸縣》的地景在台一線，那麼《藍之夢》便往屏東大武山發展，落腳在山腳下的客家庄。凱琳說：《藍之夢》是她回鄉落腳的起點。該書由十篇短篇虛構小說組合而成，但其原型人物多取自左堆之人物，並在故事場景設計上盡可能還原時代的地理原貌。如〈花令〉中主角新婚過河之場景，卽來自於當地耆老口述內容和學者訪查資料等紀錄；另在〈敬字人〉的篇章中，所用之日治時期詩社資料，亦是凱琳經考據而來，尤其故事當中側寫之人物——日治時期屏東古典詩首社礪社社長尤養齋，卽是作者對文本、歷史人物所做的回應。

在各篇小說中，凱琳並非讓它們單獨發展，而是互爲表裡。如〈花令〉、〈客家女兒紅〉便是一組脈絡相承的小說，可分爲單篇，亦可相互觀看，了解不同時期客家婦女面對婚姻的抉擇。〈敬字人〉、〈師傅〉則分別寫左堆鄉野傳聞的兩個男人，一位代表了儒學傳統，一位則象徵著臺灣經濟起飛年代的裁縫業。〈大孫〉、〈甜粄〉、〈阿婆〉、〈點主〉乃透過四個後生年輕人的抉擇，寓意傳統文化的反思與延續，情節幽默，饒富趣味，興許是凱琳對於自身客家底蘊的探尋與提問。

凱琳的文學創作正在起飛，她秉持故事書寫要能感動人心，也要能落實記憶，然而卽便情節虛構，但場景、地理風貌、歷史事件等皆盡力還原呈現。從民間文學、學術研究，到文學創作，中間還繞去了寫網路小說。她曾自許能成爲一個小有名氣的網路愛情小說家，可沒想到卻是先將自己寫成了故事，讓故事感動讀者。相信「回鄉書寫」，將會成爲凱琳獨具特色的文學路線。

國立屏東大學中文系
2022.05.04 於五育樓

推薦序

六堆願景工作坊執行長　葉正洋

新埤滋養文學，這句話是不錯的。

《藍之夢》取材地點是南客六堆中之左堆——新埤、佳冬一帶。屬於南大武山系的來義溪與大漢山系的力力溪，二溪沖積下來的沖積扇平原。東邊是南大武山系山腳下風情；扇頂端住著清朝時期因漢番隔離政策，遷徙到此番界的馬卡道平埔族群後裔；中段來義溪沖積扇扇央區的田園與村落人文景觀，住著清代入墾在此，勤奮耕讀傳家的客家族群；再往西邊則是沿海的村庄，有河港及養殖生活的文化景觀，住著勇於投資經商的閩南族群。清朝時期，林邊溪還沒築堤防之前，靠近大武山下的客家庄，建功、南岸、千三及昌隆庄等，村民為防止雨季期間大武山系沖下來的洪水會淹沒村庄，村民出錢出力，集全體力量成立樹山會組織，在村庄東邊購地種樹成林，用來阻擋洪水，同時森林下又可涵養地下水源。湧泉引入水圳灌溉農田，餵飽五穀，飼養捱等大小。為了保護樹林，樹山會也立規約，共同遵守，禁止閒雜擅入取樵伐木、破壞樹林，因而稱此樹林為禁山。設工看守，也安土地公鎮守，以保安寧，如今仍保有鄉野傳聞中神祕的禁山文化。

新埤鄉，早年有陳冠學老師的田園之秋，後有客家金曲歌手顏志文老師，用音樂文學創作了〈阿樹哥个雜貨店〉、〈屋背个大圳溝〉、〈三月的風〉、〈早安大武山〉等，唱出大武山下、新埤的音樂文學地景。如今有後生凱琳，成長於新埤鄉建功村，舊名稱「鏡庄」。鏡庄就是位處大武山下，沖積扇平原的湧泉帶，地下伏流水豐沛，早年豐水期在低窪地常冒出湧泉成湖面，從高處看，到處如鏡般的湖水面，故稱此地爲鏡庄。凱琳從童年與學生時代，生長在鏡庄，家鄉父老告訴她鏡庄、禁山、番仔角與客家互動、收養番族遺孤、通婚的故事等，現今成爲其創作的養分。

《藍之夢》這本小說，其中所述的故事、所繪的人物、所抒發的情感，真也如一面鏡子那樣，倒映出左堆客家庄的人文情懷。

在國家治理城鄉發展不均衡的大環境下，從農業社會，轉到工商業、科技時代，新埤鄉在這些轉換過程中，漸漸變成弱化的鄉村。傳統農村因受到經濟開發的誘因少，因而保存了許多有形及無形文化資源。這些文化資源，如何應用轉換成可以活絡地方，爲地方創生找到可以實踐的方法，將文化資源轉成文化體驗、文化創意、音樂與文學創作、甚至小說與劇本故事的創作等等，都非常值得鼓勵與期待的。

新埤鄉，過去有自然文學的翹楚陳冠學老師（已故），以日記散文的表現方式，創作了《田園之秋》，作者把大武山下族群生活、自然與哲學，透過文學語彙表達成書，無意間也吸引著許多讀者想要來現場體驗與見聞看看，陳冠學筆下「大武山下田園之秋」的人文與自然環境的迷人之處。

凱琳的故事建立在她所生長的家鄉，自幼沉浸其中。凱琳說，她阿嬤是一個很會說故事的人，常常把人情世故加油添醋變成一則則的傳奇。成年後，她嘗試去印證那些傳奇，可記載的文獻太少，只能從過去的口述訪談與地方誌中尋找蛛絲馬跡。她用客家女兒的目光，重新檢視了那些沉重又過於負擔的客家早期印象，用一篇篇類似傳奇的故事，將客家印象賦予新的生命與活力。

凱琳的書寫也屢獲得肯定，二〇二〇年她的小說創作《藍色海岸線》，所寫的內容是枋寮到屏東的公路線故事，她細膩地鋪陳日常，述說了小人物的心聲，以及每個人內心都會有的一塊寂寞。到了《藍之夢》，她更加發揮了對人物的觀察。每一個角色，都在她的書寫中獲得了新的生命，將我們所熟知的客家意象，如婦女生活、婚姻嫁娶、晴耕雨讀、黃昏產業、禁忌、手藝、血緣、儀式等，用了嶄新的面貌，重新詮釋。除此之外，《藍之夢》在出版前，便有數個篇章獲得臺灣客家文學創作競賽——後生文學獎的肯定。

如今《藍之夢》付梓出版，是爲新埤之幸，有後生透過文學書寫的表現法，來詮釋新埤多元與豐富的人文風貌。相信閱讀凱琳的書之後，您認識這地方愈多，會愈想要來走讀凱琳筆下的左堆客庄，一探究竟，滿足人文旅行者的求知慾、見聞慾，以及文化差異的體驗。

藍之夢

目次

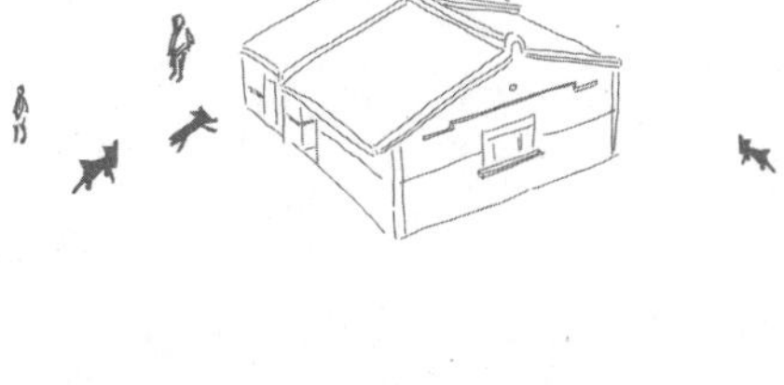

細妹仔

1

滿妹十六歲時，出嫁了。

她是家裡最小的女兒，所有人都這麼叫她。大阿哥、二阿嫂、三阿嫂、四阿姊、五阿哥、六姊丈、七姊丈、八阿哥，都這麼叫她。滿妹❶有沒有其他的名字？我不知道。不過滿妹叫我「牯」，在我被捕鼠夾夾斷右前腳腳掌時，她就這麼叫我了。

我是一隻狗牯❷，一隻從斷奶後就沒了腳掌的狗牯。

我認識滿妹時，她已經沒有阿爸跟阿姆。二阿嫂、三阿嫂就是滿妹的「阿姆」，還在世的大阿哥、五阿哥就是滿妹的「阿爸」。

他們總說四阿姊是「癲嫲❸」，要滿妹別開倉庫的門，免得癲嫲會跑出來咬人。

斷腳剛好的那段時間，我常溜進倉庫裡去看癲嫲。某日癲嫲穿著全身大紅的衣服，抱著一

❶ 此篇故事主角之名，於客語語境中，滿妹一詞又含有「么女」之意。
❷ 狗牯：公狗之意。
❸ 癲嫲：瘋癲的女人。

撮稻草，稻草外包裹著厚重的棉襖；那是二阿嫂不久前剛曬在衣桿上的衣服。癲嫲的嘴裡哼著奇怪的音調，身體跟著音調擺動。滿妹來倉庫找我時，被三阿嫂發現。滿妹低頭挨罵，我只能舔舔她的手，不知道她懂不懂我的道歉，可她從來沒有將我推出她的懷抱，只是揉揉自己被打紅的屁股，讓三阿嫂將她和我給一同逐出倉庫。

倉庫的門被大鎖鎖上，從此我沒再看過癲嫲，也沒再聽見那個奇怪的音調。

六姊丈、七姊丈我只看過一面。

六阿姊喪禮時，大阿哥以母舅的身分參加，六阿姊三個未成年的孩子跪在大阿哥的面前；大阿哥拿著竹棍打他們，沒人反擊。喪禮最後在大阿哥的主持下，封釘安葬，從那之後，我也沒再見過六阿姊的那三個孩子。

七阿姊的喪禮，大阿哥沒有去。七姊丈來到家裡請大阿哥，大阿哥閉門不見，讓滿妹去傳話。

「偃兜毋會來去个，仰有可能一個好好个人會浸死。偃阿姊會泅水啊。」

七姊丈的膝蓋跪得比當時六阿姊的三個孩子，還要紅。但紅，也紅不過七阿姊頭上的血，紅不過七阿姊入殮時的那日夕陽。

滿妹在沒有得到大阿哥的同意下，溜過去看了七阿姊。七阿姊的頭上黏著一塊撕裂乾硬的人皮，人皮下流乾的血是深紅色的，紅得泛黑。滿妹摸了那塊血，眼淚滴在七阿姊的嘴角邊。也不知是不是怕被人發現，眼淚才剛滴下，滿妹就用自己的頭巾將七阿姊嘴角的眼淚擦掉，然後將靈柩推上。

那晚，滿妹全身盜汗，皮膚冰冷。大阿哥、二阿嫂、三阿嫂、五阿哥整夜沒睡，輪番待在滿妹的床邊；直至天明，仍是束手無策看著滿妹的呼吸越來越弱。

八阿哥大滿妹五歲，是兄弟姊妹裡跟滿妹最親近的人。他出海那天，滿妹抱著我沿著港口的岸邊跑。我可能太重了，滿妹抱得很吃力，越跑越慢。我於是跳出滿妹的懷抱，想跑在滿妹的前面，可斷掌的傷口依然疼痛，跑沒兩下整個身體就跟球一樣在地面滾；最後還是滿妹將我重新抱起，繼續追著大船。

我知道，滿妹想叫八阿哥等她。

滿妹喊得不夠大聲，我便幫忙喊，朝著馬達牽引而出的水波喊。漸行漸遠的大船在滿妹的哭喊聲裡逐漸模糊。滿妹放下我，抱著自己的身體，蹲在碼頭幽咽啜泣。我鑽回她的懷裡，將她遮在臉上的手撥開，舔著滑到她下巴的眼淚。

滿妹的眼淚，苦苦澀澀。

八阿哥這次出海比以往久，直到滿妹昏迷的第三天，他才終於出現。

八阿哥還很年輕，跟大阿哥爭吵時根本看不出他們是兄弟。八阿哥嚷嚷著要去找七姊丈報仇，憤懣地說要咒死他們全家。大阿哥則說夠了，「人都死了，生死都係佢兜家个人了。」

滿妹昏迷的第四天，八阿哥跟滿妹做了同樣的事情。他半夜潛進七阿姊的靈堂，推開靈柩；卻甚麼也沒看到，只能用疑惑的目光凝視著我。我看見了他清澈的瞳孔裡，反射出的棺木內根本沒有七阿姊。

我想跳上棺木，想親眼證實。我扒著他的褲腳，他甩甩腳，將我踢到角落。我不死心，再次撲向他，他卻用更大的力氣將我甩開。我敲到門板，引來廳堂裡守靈的人的注意。熙熙攘攘的聲音朝著我們而來，八阿哥拔腿就跑，落下了我。

那晚我縮在七阿姊靈柩的下方，往生被垂掛在兩側，光源處不斷有晃動的人影，來來回回似在尋找什麼；直到雞啼前，那些腳步才遠離。趁著人聲匿於夜幕時，我溜出往生被下。

但才走出往生被，我便看見了一個人——七阿姊。

視線裡的七阿姊，不是八阿哥要找的那個。

七阿姊感覺到我的存在，她先是轉過頭，將上吊的眼珠轉回眼球裡，然後撫摸著自己額頭上掉下的那塊人皮，很小心翼翼地，就像是坐在鏡子前妝扮的細妹仔。待她確定臉上無礙時，才轉過面，正式用目光直視著我。

我想呻吟，她卻捂著我的嘴，讓我別出聲。但她的雙手明明就抱著懷裡的一塊布包，哪來的手可以捂我的嘴？

我嚇得四肢發抖，對著她死命地汪汪叫。才吠兩聲，原本匿跡的人聲又出現了，腳步聲越來越多，朝著我這聚集過來。

我拔腿就跑，也管不著前方有甚麼，就朝著最黑暗的地方鑽了過去；最後我躲在一口井旁的草堆裡，顫顫發抖。那些人舉著燭火也尋到了草堆前，我將自己的頭埋進石頭縫裡，嗚嗚地忍著身體因抖動而失控的叫聲。

突然，燭火佇足於不遠處，明晃晃地在黑暗中搖動。

那些人的視線越過井，朝著我躲藏的草堆看，如鷹的眼神追著所有的風吹草動；與他們的眼神無意中對上時，我又失控地叫出了聲。奇怪的是，那些人隔著七阿姊，竟然甚麼也沒看見。

七阿姊緊抱著懷裡的布包，布包裡傳出嬰兒嚶嚶的哭聲。

他們仍舊沒聽見。

片刻後，那些人將燭火熄滅，敗興而歸。

天幕恢復黑暗之後，我從草堆裡出來。

七阿姊抱著嬰兒朝我走來，她蹲下身，我動彈不得時，她抓起我斷掌的那隻腳，用她的手掌輕輕地包覆了起來。

一股熱流順著七阿姊的手掌，傳進了我的血脈裡。斷掌的腳雖然沒有重新長出腳掌來，但卻似乎湧進力量般，我能夠輕鬆地將骨頭直接撐在地板上，不再因爲疼痛而跛腳前行。

我開始繞著井奔跑。

後來我終於知道「七阿姊」去了哪裡。她在我面前，跳下了井；一回又一回。不管我如何拉著她的衣角，她總有辦法如一陣清風那樣，從我眼前滑過。

我想找人幫忙，於是嗅著八阿哥留下的氣味，回到了家。

才進門，我就聽見滿妹的哭聲。

「你將偃个狗牯還偃啦！還偃啦！偃个牯牯，偃个牯牯啦。」

滿妹如此傷心的聲音，一波波地佔滿我的思緒。我甚麼也不想，先從倉庫外那片破掉的牆鑽了進去，然後沿著牆面，跑到最靠近滿妹房間的牆，開始挖著牆下的土堆。

我又聽見滿妹跟八阿哥吵架的聲音。

「莫叫啦，過叫偃就食若❶个狗牯喔！」

「做毋得，該係偃个狗牯。」

八阿哥威脅著滿妹不准她哭時，我終於挖開了牆，出現在滿妹和眾人的面前。三阿嫂率先反應過來，她指著那面破掉的牆，追著我打。滿妹爬下床，在混亂中將我抓了過去，她的眼淚滴在我的鼻頭上，溫溫熱熱的。

滿妹病好時，七阿姊出山。

她抱著我，坐在八阿哥開來的鐵牛車上，站在大橋上看著七阿姊漸行漸遠的靈柩。沒有人知道靈柩裡到底有沒有七阿姊，不過我知道，每個夜晚，在露水最重的那個時辰裡，七阿姊都會回來。

滿妹抱著我說，「𠊎未來毋想愛嫁人。」

八阿哥發動鐵牛車，轟轟轟的聲音壓過滿妹的哭聲，然後八阿哥跟滿妹說，「大戇牯❷，細妹仔長大了仰有可能無嫁人。毋過你放心，下二擺❸你夫家若係欺負你，同阿哥講，阿哥來開屌❹。」

語畢，八阿哥還舉著手說要發誓，滿妹哽咽著，露出不相信的目光。八阿哥竟然將我也抓起，用我的四隻腳，一起發誓。

---

❶若：ngia、，你的，四縣音擴展用於任何名詞前。

❷戇牯：傻女孩。

❸下二擺：下一次，四縣音使用。

❹開屌：以髒話罵人。

2

滿妹出嫁時，母舅代表是八阿哥。

大阿哥在七阿姊出山隔年，過世了。那年，他留在橋下那片砂石地上種的西瓜無人採收，爛了之後，在下一個雨季，被暴漲的河水給沖走了。他的兒女在他對年時，回來將屬於大阿哥的那塊地分了，之後便不再往來。

五阿哥被大阿哥的兒女氣得中風，後來又開著鐵牛車摔進田裡，半身不遂，兩年後被自己的兒女送往養老院。五阿哥的那塊地，也一樣分光了。

二阿嫂去了美國，替離了婚的妹仔坐月子。有人說她是去享福，但更多的人是說她這裡百年後沒人拜，去美國找福地了。她沒倈仔❶，所以沒拿半毛錢，屬於二阿哥的地被宗親仲裁給三阿嫂的三個倈仔。

三阿嫂是唯一留在家裡的人，每個月靠著老農年金過活，偶爾八阿哥出海時捕到好魚，便送她兩條。

八阿哥在大阿哥百日內娶親了。八阿嫂是隔壁村一戶沒落的大戶人家，家裡還擺有日治時期開業的醫療器材；即使如此，結婚時，還是有人說八阿哥高攀了人家。八阿哥結婚後，出海的時間更長了，八阿嫂懷孕後就回娘家待產，很少回來；因此滿妹出嫁前，與三阿嫂待在家裡的時間最多。

三阿嫂教滿妹採筍、醃蘿蔔、綁繩結、縫嫁衣……

不管三阿嫂教她什麼，滿妹都學得很快，但唯有一項，滿妹學得特別慢。

「細妹仔喔，結婚過後都係愛生細人仔❷，生細人仔就像死一回，生完啊，也莫去指望別人來照顧你，你愛曉得照顧自家。」

滿妹總是聽著聽著，就漫不經心地玩著我的耳朵和尾巴。

「滿妹啊，阿嫂同你講个話你有在聽無，你年紀乜❸毋細了，都十五歲了，倨當年十五歲就生頭胎了。細妹仔生完細人仔，做月愛用大風草，你這下毋學，下二擺你嫁出去了仰結煞❹啊？」

滿妹還是摀著耳朵不聽。

❶ 倈仔：兒子。
❷ 細人仔：小孩子、嬰兒。
❸ 乜：me，也。
❹ 仰結煞：怎麼辦，無奈之意。

但縱使滿妹不聽、不學，滿妹出嫁的日子依舊趕在年前到來。

三阿嫂負責替滿妹準備嫁妝。裁縫車、梳妝台、衣櫃、碗櫥……都上了牛車，三阿嫂找來鄰居幫忙，終於好不容易將最後雙被雙帳的鴛鴦被也塞進去時，迎娶的轎子剛好來到。

滿妹的嫁妝塞滿了整個牛車，前庭掛滿喜慶的紅燈籠；卻和剛出月子的八阿嫂的黑臉形成對比。八阿嫂本來要替滿妹戴頭冠，但看了看前庭那輛牛車之後，便又藉故孩兒要喝奶，將頭冠丟下就走。滿妹只好自己戴。頭冠上的珠簾在陽光裡格外閃耀，她平日工作的藍衫袖口改成了紅色的緞面，就當成了嫁衣穿在身上。

八阿哥在前院招呼賓客，眉開眼笑。

滿妹在媒人跟三阿嫂的攙扶下，坐上了轎子。笑也沒笑。

我被八阿嫂關在倉庫裡，沒能跟著滿妹的花轎走，吠聲中，我只聽見爆竹響徹雲霄的祝賀。滿妹的花轎離我越來越遠，我刨著地，結痂的斷掌在來回的刮磨中，又重新滲出新血來。

這是六年來，我再次看見我的腳掌流血。

滿妹的氣味越來越淡，幾乎消失在爆竹的煙硝裡。我越來越急，挖的洞越來越深，血流進土塊裡，卻沒半點作用。

我脖子上的鐵鍊鏗鏘作響，掩過了所有關於滿妹的聲音。

前院再度安靜下來後，我聽見模糊的嬰兒哭聲；不是八阿哥新生兒的哭聲，那個哭聲是從我的記憶裡冒出來的。前院越安靜，哭聲就越清晰。我尋著哭聲的來源，忽然間，鎖著我的鐵鍊斷裂——

我掙脫鐵鍊，更賣力地挖著牆下的洞。

重新見到頭頂的日光時，我急著尋找滿妹；可前院，乃至於圍著村頭村尾的整條路，都沒有了滿妹的影子。我開始沿著新埤大橋嗅著她嫁衣的氣味，來到了另一個村莊；終於在黃昏時，尋到了她的「新家」。

滿妹坐在貼著紅紙的土角厝裡，屋頂的茅草和蔗殼零星地被風吹落，掉在滿妹的頭冠上。滿妹正擦拭著自己的眼角，紅腫的眼皮看得出來她曾用力哭過好一段時間。我鑽進門板下，朝著她發出嗚嗚的聲音。滿妹看見我時，眼角擠出最後一滴剩下的淚珠，很驚訝地撐開眼，一口氣將頭冠摘下，將我抱起。

滿妹用自己的臉磨蹭著我的臉，我埋進她的胸口，側耳聽著她激動的心跳聲。沒多久，門口傳來敲門呼喚滿妹的聲音，滿妹將我藏進她的裙襬下，讓我跟著她的腳步移動。

滿妹被媒人婆牽著走，每走一步，裙襬就往前一步，我也就跟上一步。

祭祖時，八阿哥跟親家的宗族長一起將燈掛上，白底紅字的燈籠和流蘇華麗的宮燈雙雙掛在廳堂的梁柱上後，滿妹正式成為那個家族的一份子。之後，不再有人叫她「滿妹」，而改稱「義嫂」。

那夜，滿妹將我安置在後院的廚房裡。我感覺那不是廚房，根本只是個破舊雜亂的倉庫。翌日，滿妹到公廚房裡開始刷大鐵鍋，不知她前一晚發生了甚麼，滿妹的表情很苦澀，一點笑容也沒有。我直覺就是滿妹的丈夫欺負了她，於是在聽見有人靠近廚房時，我便率先弓起身體，準備攻擊來人。

來廚房的果然是滿妹的丈夫——義哥。

他看見我齜牙咧嘴的模樣，沒有退縮。滿妹放下本來要塞進灶下的稻草，在義哥的面前摸著我的頭，介紹我的名。

我坐正，抬起下巴，用著眼角的餘光覷著義哥。

我本來是想俯視他；可他太高，讓我不得不吊起眼皮。也不知是不是我瞪著義哥，讓他感到羞愧和無地自容，他竟然只瞥了滿妹一眼，便匆匆離開，腳步快得像是逃命那樣。

義哥的阿爸阿姆已經過世，代表宗親的是他的叔叔。

義哥的叔叔領著他的妻子，三個倈仔，還有一個已經出嫁的妹仔坐在公廳裡，等著滿妹跟他們一一敬茶。就在滿妹敬茶時，其中一個雙腳萎縮的倈仔，說是義哥的叔伯阿哥，撐著拐杖將茶故意打翻在滿妹的繡鞋上。

我一生氣，便怒吼了他，衝向前朝著他的褲管咬了一口。

他嚇得想跳起身，卻發現雙腳軟弱無力，只能再癱回椅子上。叔叔皺著眉頭，甚麼也沒說，倒是叔姆，抓起門旁的掃帚就朝著我的背打，邊打邊罵，「這個跛腳狗仔，畜衰狗仔。」

滿妹阻止時，叔姆連滿妹也一起罵了，「該係你對外家❶帶來个狗仔？狗仔仰做得進入公廳，無規矩。你外家做下無教你規矩無？」

滿妹被趕出公廳後，義哥才追了出來。

我趴在滿妹的腳邊，故意拉開義哥想靠近滿妹的距離。滿妹的眼淚撲簌簌地掉，義哥只是在一旁手足無措地嚥著口水，吞吞吐吐，半句正常的話也說不上來。看著義哥一臉焦慮，來來回回地走，我倒是老神在在；先是慵懶地伸個懶腰，然後縮進滿妹的膝蓋裡，用頭托著滿妹的手，舔著她的掌心。

滿妹果然不哭了。

義哥看滿妹不哭之後，急著搶功勞。他湊近滿妹，很近，我一呼吸就嗅得到他身上濃烈又刺鼻的汗味。正當我想朝著他吐口水時，他用手掌撫摸我的頭，然後順著毛，延伸到背脊、尾巴。義哥的手掌很大，跟滿妹的溫度和力道都不一樣；就在我感覺到舒服時，一股厭惡跟著油然而生。

我跳開，對著義哥露出犬齒。

---

❶ 外家：娘家。

義哥陪笑著說，「好好好，毋摸你，毋摸你。你莫發譴❶，佢叔姆就係該樣个人，佢當惱❷狗仔啦。」

滿妹聽著義哥說話，視線回來了。

義哥說得更起勁，「毋過阿妹，佢同你講，佢當中意狗仔喔。」

滿妹用著疑惑的目光盯著義哥說話的嘴唇，我想滿妹不是懷疑義哥喜不喜歡狗這件事，而是他叫了滿妹什麼？阿妹？我看著義哥又再次「阿妹阿妹」地叫著，滿妹的臉越來越紅，他還是不懂得收斂。

後來義哥爲了逗滿妹笑，跟滿妹說，自己結婚前一天要拜伯公的時候，在庄尾那個伯公的台階上摔了一跤。邊說，還邊演著跌倒的模樣。滿妹在紅臉中，終於漸漸開懷大笑。

隔天，滿妹也不知爲什麼，心血來潮就說想去拜庄尾的那個伯公。她從公廳裡找出一個蓋著紅布的香籃，將香籃裡頭的香灰和香火袋拿出，暫且放在神龕上，然後把簡單的素果放進香籃裡。

我跟在滿妹身後，這個新的地域對我來說很陌生，也很新奇。我想，我得加快自己在這個地域上的熟悉速度，成爲這個地盤的主人，才能更讓滿妹安心。

滿妹祭拜時將斗笠脫下，盤起的頭絲間流滿了汗。

斗笠是早晨義哥上工前給滿妹的，滿妹便戴了一整天，即使沒日頭也不願意摘下。好不容易逮到機會，趁著滿妹祭拜時，我將斗笠咬到樹叢下，用枯葉將斗笠埋了起來。

滿妹收完素果，一度很焦急，我舔著尾巴時，被她找回了斗笠。

滿妹一路回程都在生我的氣，我也不想靠近她。但就在她離開我視線時，我又聽見叔姆罵滿妹的聲音。

「汝這隻泥嫲[3]，該係阿義阿爸个骨灰，下二擺愛合爐个，你竟然對香籃拿出來，還孤盲[4]，這種夭壽事也敢做。正經係破格心臼[5]！」

我跑到公廳前，猛然記得自己不能進入，又將跨出的腳縮回來。滿妹已經跪在神祖牌前，斗大的眼淚滴在冰冷的地板上，塵土被淚水彈起，又落下。

我想進入，但叔姆隨即把銳利的目光瞪向我。她高舉在滿妹背後的藤棍，上下揮動，似乎在警告我——若再向前，藤棍就會打在滿妹身上。

---

❶ 發譴：生氣。
❷ 惱：厭惡。
❸ 泥嫲：專門用在罵女人笨。
❹ 孤盲：沒天良，罵人之意。
❺ 心臼：媳婦。

我退出公廳的門檻，找出滿妹放在廊下的斗笠，嗅著上頭義哥殘留的氣味，找到義哥。但義哥回來後，也沒能說服叔姆讓滿妹起身。滿妹就這麼跪了一整晚，連一點米水都沒進。

新婚第三天，三阿嫂帶著紅粄來看滿妹。

滿妹的腿在前一晚跪紅了，走路有些踉蹌，但她卻騙三阿嫂說是下田時不小心跌到的。三阿嫂看著一旁的叔姆，假裝無事地低聲詢問滿妹。滿妹只顧掉眼淚，我看急了，咬開滿妹的褲管，故意舔著她受傷的膝蓋。

叔姆在三阿嫂發聲前搶先打斷滿妹的啜泣聲，用著忽高忽低的聲音說，「阿義係𠊎同佢細叔對細養大个，食該麼多米做下無同佢計較，佢娶个老姐❶毋會規矩，𠊎做叔姆个人，當然愛教啊。」

三阿嫂臉怒紅了，仍舊甚麼也沒有說。

那晚滿妹拿著三塊碗跟三雙筷，跟義哥一起離開了大宅共用的公廳和廚房，住到了宅院後的小倉庫裡。就是前天滿妹安置我的倉庫。果然只是倉庫，連個廚房的灶台都沒有。

之後連續大半個月，滿妹趁著義哥上工時，在倉庫外搭建一座簡易的棚子。她在棚子下用水混合泥土，捏成數個比手掌還大的土塊，然後將土塊丟進火堆裡。熊熊的烈火燒了兩天，三天等待土塊冷卻。接著滿妹用那些土塊，砌成一座小卻堅固的灶台。

她也用泥土，燒了一個碗給我。

「下二擺食飯愛記得用這個碗，知無？」滿妹這麼跟我說。

3

搬到後院半年，大宅裡的叔姆得了重病，聽說就要死了；不過大宅一點哭喪的氣氛也沒有，叔姆的三個兒子照樣四處溜達，三不五時就繞到後院這頭，開滿妹的玩笑。

他們常學著義哥「阿妹阿妹」地叫著滿妹。那個坐在輪椅上，被推著走的大俫仔，更說滿妹本來應該是他的老姐。他就是新婚敬茶時，故意翻倒滿妹茶水的跛腳。

「愛毋係佢阿爸看義仔衰過[2]，佢會將佢个老姐分佢嗎？」他們總是把這樣的話掛在嘴邊說，惹得街頭巷尾許多閒言碎語。尤其是那個臥病在床的叔姆，總在滿妹替她送飯時，捏著滿妹的手，說她到處偷契哥[3]，「你係想講若个義哥無錢，愛來勾挽佢个大俫仔。三八嫲，不搭不七。」

好幾回，我都想衝進去咬叔姆，可叔姆討厭狗，我若貿然進她的房間，倒楣的依舊是滿妹。義哥從來不幫滿妹說話，他唯一跟叔姆要求過的，就是半年前被趕出門時，要來的碗筷。

---

[1] 老姐：lo´ jia´，妻子。

[2] 衰過：可憐。

[3] 偷契哥：偷男人，罵女人外遇之意。

叔姆拿了三塊碗，三雙筷子時，說，「莫講叔姆對你毋好，一垤碗，一雙筷仔分若个狗牯。」

義哥拿到碗之後，冷冷的目光看了我一整晚。

後來，每次叔姆來數落滿妹時，他總是跟滿妹說，「阿妹，你忍耐一息仔，𠊎叔姆係卡慶腳[1]，但係佢就像係𠊎个阿姆，對細養𠊎長大，當辛苦。畢竟人同狗仔係無共樣个。」

於是一回回，滿妹在叔姆的面前，只能低頭不反擊。

滿妹第一次跟叔姆翻臉，是她生下頭胎時。滿妹的頭胎是個妹仔，叔姆說他們家養不起妹仔，要滿妹把妹仔出養出去。滿妹不願意，跟叔姆爭論她和義哥早就沒有拿他們的錢過活，可叔姆以自己生重病爲由，告狀到宗族公親裡，說生妹仔不但沒沖喜，還帶衰。

還沒出月子的妹仔被叔姆抱走，滿妹從床上搶到了門口，仍舊被趕來的公親一把拉開。

「𠊎个妹仔啊，將𠊎个妹仔還𠊎！」滿妹扯著公親的腳，一同被拖到公廳裡，她的腹部下湧出血來，流得整個廳堂都是。

我再也不顧忌什麼，跨過門檻，奔進那個神聖的公廳裡。趁著叔姆不注意時，咬著妹仔的手臂，開始跟叔姆搶奪。

眾人在此時突然屏息不語。

妹仔大哭時，我才看見自己似乎闖了禍。妹仔的手臂被我咬下了一整塊肉，血淋淋的肉幾乎要掉進我的嘴裡。

「牯！」滿妹撕心裂肺地喊著我；我仍是咬著妹仔的肉，拉著不願鬆開，腥味在我的嘴裡漫開。

「牯！」滿妹再次喊我，最後用著無力的聲音說，「讓佢走，讓佢走，讓佢走……」

妹仔被帶走了。滿妹幾乎斷食，什麼也不吃。

義哥安撫她許久，都得不到滿妹的回應。幾日後，義哥把八阿哥找了過來。八阿哥腳瘸了，聽說是滿妹新婚第三天的事情。他出海，想說抓條大魚，在遲三朝❷那日送來，卻意外受傷。

他警告義哥，「你兜這兜日仔欺負佢老妹个，毋恅著佢做下不知。佢老妹毋計較，汝緊來緊上勝❸，面對你叔姆就無核卵❹。」

義哥面有難色，輕描淡寫地說著關於妹仔出養的事，他也承認自己現在還養不起一個孩兒。後來也不知道義哥又說了些甚麼，當八阿哥看見我時，神色格外閃爍，皺起的眉頭裡有著難以辨認的情緒。

---

❶ 慶腳：精明、厲害。

❷ 遲三朝：客家婚俗，新娘娘家人於過門三日後至夫家探親。

❸ 上勝：得寸進尺。

❹ 無核卵：粗俗語，比喻沒勇氣。

「你講狗牯逐日咬麼个❶？」

義哥掀開灶下的落葉堆，指著一堆草葉，然後看著我又說一次，「就該個，乜毋知哪位有病，這隻狗牯逐日出去咬兜草歸來。該係麼个啊？」

八阿哥沒有回應義哥的疑惑，反而是朝著戶外走去，然後環顧著附近的草堆和樹叢。

我停在他的腳邊時，他蹲了下來。

「這附近就無大風草啊，你去麼个所在咬來个？」八阿哥第一次這麼跟我說話，我不確定，他能聽得懂我吠叫的語言嗎？

八阿哥離開前，跟我說，「你替阿哥照顧好滿妹，阿哥答應佢，一定會幫佢找妹仔歸來。」

八阿哥還沒找回妹仔，滿妹又生了一胎，是倈仔，而且是義哥這房的大倈仔；這回公親無話可說，只能將倈仔留了下來。總說自己重病的叔姆眞的生病了，就在大倈仔滿三歲時，叔姆過世了。

大倈仔五歲後，滿妹又生了一個倈仔。

滿妹跟義哥在叔姆過世後搬回了大宅，連續兩個倈仔，滿妹說話的份量大了，親朋好友來拜訪時，總是客氣地稱呼她「義嫂」。

除了義哥之外，喜歡戲謔叫她「阿妹」的人，只剩那個娶不到親，雙腳萎縮在輪椅上的叔伯阿哥。他在滿妹坐三次月子時，都說要殺狗替他這個無緣進門的餔娘好好補身體。前兩回，還眞的殺來了兩條黑狗，將鍋子燉得烏黕黕，裡頭的狗肉軟爛成泥，還有未清理乾淨的黑毛，浮在油漬的上頭。

滿妹看得吐了，威脅他不准再出現。

第三回滿妹坐月子時，他也說要燉狗肉。說那話時，還刻意指著我的方向，目光銳利寒冷。義哥白日都要上工，叔伯阿哥就趁著那段時間騷擾滿妹，尤其叔姆過世之後，叔伯阿哥更肆無忌憚地出沒在滿妹的房間裡。

滿妹從戶外進來撞見，躲也躲不掉——

大倈仔七歲時，得了跟叔伯阿哥一樣的病，手腳開始萎縮，沒半年就幾乎癱在床上，連進食都要人餵食。

叔伯阿哥說他小時候也差不多是七歲時得的病，那時候來不及治療，才害得他一輩子都成了癇子。於是他跟公親提議說，要讓大倈仔吃狗肉看看。

「該隻狗牯既經當老了，過活也無幾年了。」他強調，村子裡舊時就有夏至吃狗肉的說法，是很好的進補。

於是，我就跟妹仔當年一樣，在衆人的壓制下，與滿妹分離。

我最後合眼前，看著滿妹全身噴滿了我的血，在哭喊中昏厥。

---

❶ 麼介：甚麼東西。

4

我再回到滿妹身邊時，是大倈仔重病不治時。

大倈仔封棺那日，正巧是我頭七。

滿妹點了三支清香，先是告誡衆神，然後向著升天的煙，喃喃地說，「牯，偓無法度同你報仇，你記得，愛去找害死若个該兜人，佢等帶走妹仔，乜害死偓个大倈仔。汝愛替佢等報仇，替自家報仇，分佢等死發瘟❶。」

語畢，滿妹將三支香狠狠地倒插而下。

點點星火滅入土裡。

眼淚，也一併滴下。

之後的日子，似乎跟以往沒有改變，我常常看見滿妹在家門口進進出出，在灶台上忙著三餐。

新年近時，她就炊甜粄；祭祖時，就炊發粄。後來，小倈仔的第一個倈仔出生時，她炊紅粄；再後來，義哥對年時，她在清明炊了艾粄，拜完後，給小倈仔一家人拿上了台北。

多數的時間裡，滿妹都是一個人坐在門前的藤椅上，看著天空飄過的雲，甚麼話也不說，什麼表情也沒有。

大宅院在義哥過世前，被滿妹一塊地一塊地給買了過來。原本的公親已經離世，公親那房的傳人沒生出倈仔，香火就算是斷了。細叔當初出嫁的女兒離了婚，也沒能回娘家來；因為大宅裡已經沒有她的親人。細叔兩個手腳正常的兒子，一個入了獄，一個被討債的斷了手腳，都不知去向。

偌大的曬穀場上，最常看見的身影，就是把我分肢了的叔伯阿哥。

他終身未娶，日子在滿妹施捨的飯菜中，有一餐沒一餐地度過。有時候滿妹不給他飯吃，他氣得想從輪椅上爬起，卻雙腳一軟，自己跌個狗吃屎。然後滿妹會拿著香，故意在他的面前點燃，唸著超渡亡魂的往生咒。

滿妹到底想超渡誰？我始終不知道。

小倈仔的第三個妹仔去留學前，回來大宅裡探望滿妹一回。她是兒孫輩中跟滿妹最好的一個，也是成就最好的一個。她告訴滿妹，等她回來之後，要介紹夫婿給滿妹認識。

滿妹直說好。

八阿哥真的找回了滿妹當初被送走的妹仔。妹仔已經長大，手臂上仍帶著一個明顯的傷

---

❶ 死發瘟：咒人不得好死。

疤，缺了塊肉似的。妹仔的夫婿，就是幫八阿哥入殮的禮儀師，禮儀師來收尾款時，帶上了自己的妻子，就是妹仔。

滿妹凝視著妹仔的疤痕許久，最後還是半句話也沒說。

妹仔的臉上已經有皺紋，聽說她生了兩男兩女，跟「娘家」的感情很好。這些，都是禮儀師閒聊時，跟滿妹說的。

滿妹不再唸往生咒的那日，她坐在藤椅上，凝望著流雲。

「大阿哥、二阿嫂、三阿嫂、四阿姊、五阿哥、六阿姊、七阿姊、八阿哥……」

最後一句，她喚了聲，「牯。」

藍衫

1

翻出箱底最後一件藍衫，將舊有的幾處破損記錄在冊，以方便撤展時的檢驗工作；再一次巡視上鎖的櫥窗，確定櫥窗裡陳列的物件都編了號，以最安靜的姿態迎接長眠後的第一次面見世人。

本日工事大功告成！

籌備已久的文物館終於要開幕了。

跟文化處租借的場地不盡理想，（後來才聽附近的人說這老厝是「當年」被政府給強行徵收去的，哪個當年，我也沒來得及細問。）社群行銷遇到廣告詐騙，沒有所謂的公款，只能硬著頭皮用這幾年攢的結婚基金來補坑。得知戶頭金額所剩不多時，媽媽揚言要斷絕關係；我用根本沒對象要怎麼結婚的理由搪塞，接著奪門而出。

媽媽一直認爲我有病，從青春期開始就帶著我跑遍知名的、不知名的大小宮廟。我說那些聲音又來找我了，她就瘋狂灌我喝符水、香湯；後來又聽說神的故事，帶我去受洗。

掛著佛珠進教堂，我知道她已無計可施。

媽媽病得更重，她需要大量的安眠藥才能讓自己入睡。

其實我並不覺得那些來找我的聲音讓人困擾。有更多的呢喃就像是低頻的馬達轉動聲，偶爾才會有像轉不到頻道的收音機，發出劇烈的摩擦聲。直到那個時候——遇見「她」，我才很確定那些令自己困擾的聲音，是來自於人的語言。

她是藍衫「編號七」的捐贈者。

我稱她巷尾阿婆。

阿婆住在都更區內的一間透天裡，這裡早期是無尾巷，房舍還未重新分配時，她住在最邊間。阿婆說她屬龍，算不清今年到底幾歲了；我翻過農民曆，推測她不是九十三歲就是一百零五歲。但不管如何，她一定是活過日治時期的人。我親眼所見。她從床底拿出一疊泛黃素色的包裝紙，我以為她是要讓我替她清掉那疊垃圾，很自然地接過，放進資源回收的公務車裡，打算載去焚化廠，跟一上午從各處獨居老人家整理出的垃圾，一起處理掉。

回到辦公室，地上擺滿雜物；有各單位捐贈的物資，也有同事們到個案家進行年末掃除清出的待分類物件。

我也把巷尾阿婆家整理的物件疊在上頭。

我又突然聽見了來找我聲音。

那是第一次在外頭聽見聲音，我有些害怕，擔心被同事發現自己的異樣；又想著媽媽總說我的病更重了。

聲音很清楚地發著音節，從單音，變成一個詞。

幸——

子——

幸子——

「幸子是誰？」同事的聲音從頭頂冒出，打斷了原本正靠近我的聲音。

「甚麼？」

「妳剛剛不是在叫幸子嗎？新開的案嗎？」同事眼神瞥往我的電腦螢幕上的檔案，「沒有啊，沒有人叫幸子。」

年末諸事實在太多。春節連假前，疊在地上的物資和待分類物品消化緩慢，又得應付尾牙和年終餐會，還有媽媽三不五時就見風轉舵的信仰……有點自顧不暇。雖然做的是社工工作，總感覺日子流動好慢；如井中倒映的雲，明明是天空上的雲，卻仍只是影子。

「幸子」的聲音越來越明顯。但說話之人肯定不是幸子，沒有人會呼喊自己的名字的，不是嗎？

年末掃除的終站，我又來到巷尾阿婆家。

物理復健師正巧來訪。

前幾日阿婆在屋前跌倒，不願住院，離世多年的大兒子的長媳替她申請居家看護。復健師評估後，還是建議阿婆住院。小兒子一頭白髮，跪在地上求阿婆上救護車，她不願，不說話，只掉眼淚。我曾經一度以爲，阿婆是聾啞人士，因爲自我接案兩年來，她從沒與我交談。

小兒子有腳傷，聽說是南洋回來的軍伕，被地雷炸傷幾隻腳趾。他跪地，痀僂前行；阿婆還是無動於衷。

大兒子的長媳比較強勢，嚷著要整理阿婆的衣物，將人強行帶上車。小兒子搶不過，跪了地的腳，失了平衡，才起身就自己跌得東倒西歪。復健師替小兒子包紮傷口時，長孫媳繼續清掃阿婆的衣櫥。

散落一地的衣物有一致性的顏色：藍、黑的衣衫，有些看起來年代比較久遠，袖口縫著淡青色的車邊，不花俏，可在一片深到發黑的藍裡，格外引人注目。

從小兒子的口中得知，那是阿婆早年穿的衣物，號爲藍衫。

長孫媳才不管這些，洩憤似地將舊衣物傾盡倒往門口。好巧不巧，她砸到了進門的五兒子；頭髮沒有小兒子白，眼角銳利，聽說是位有名的律師。在五兒子的協調下，長孫媳撤守，憤而離去。

阿婆在我和復健師的注視裡，始終靜視著在眼前搬演的鬧劇。

五兒子趕走長孫媳便不管事了，吆喝在門口抽菸，等著上場卻沒機會上場的四兒子一同驅車離開。記錄本上有寫，四兒子是地方角頭，因年紀大才金盆洗手，跟身爲律師的老五最要好。

小兒子請走復健師時，連帶也要將我請出門。我趕緊說明來訪目的：只是來進行個案的年末掃除工作。他勉強讓我留下，但也無視我，拖行著萎縮的腳撿起一件件被丟出門外的衣物。

他將其一件件摺好，放進衣櫃，然後淸點著……

一、二、三、四、五、六。

正巧是他們六個兄弟。

檔案上有紀錄，阿婆共有六個兒子。

大兒子去世多年，留下的一子成婚沒多久就意外身亡，長媳肚子裡留下遺腹子，是他們那一房唯一的後代。二兒子周歲時夭折，六件藍衫裡有一件衣領尚新，少有污漬，我想那便是專屬於二兒子的。三兒子成年後溺死，無後。四兒子曾任多屆議員，也是鄉里間心知肚明的角頭，女兒進入議會後，他順勢「金盆洗手」。五兒子長年旅居國外，打的是黑官司。六兒子最小，因爲阿婆再也生不出女兒，所以從小就把老六當女兒養。女兒會出嫁，六兒子爲了躲避閒言，「嫁」給了做公務員的丈夫；這幾年才正式登記結婚。

「還有一件呢？」小兒子突然問。

我困惑，數著他手裡摺好的衣物。

阿婆養育六個兒子，每個孩子的哺乳時期，都有一件專屬藍衫。據說，客家藍衫側領的設計，是爲了女人哺乳方便；加上客人天性節儉樸實，所用衣料和衣物設計，都是爲了能更方便行動和從事農務。（這是辦展時，蒐集而來的相關資訊。）

確實是六件，難道阿婆還有第七個孩子？

小兒子的疑惑很強烈，目光中有種質疑。

我搖頭，表示沒印象。

他回身詢問阿婆那件藍衫的去向，阿婆伸出瘦得見骨的手，指向了我。

2

就在我和小兒子幾乎要將阿婆家翻個朝天時，同事救援的電話打來了。多虧辦公室的大家平日習慣把業務堆著處理，疊在待分類物件上頭的那包泛黃包裝紙才沒被提前送進焚化廠裡。

把附耳的手機拿開，很尷尬地跟小兒子對視，藍衫找到了，就收在我的抽屜裡；當然不敢明說本來的打算。

他嘆口氣，督促我一定要把那件藍衫「原封不動」送回來。他語氣凝重，感覺得出來這是一件十分珍貴又別具意義的藍衫，甚至超越疊好的那六件藍衫。是比二兒子還要早夭折的孩子嗎？我想問，但他的眼神過於銳利，只能硬生生把話吞回肚裡。等年假後，找機會單獨問阿婆看看吧。我如此盤算。

當日我沒回辦公室，跑完剩下的個案後就直接返家。年假開始。

屋內燈火黑暗，宛若空城；但媽媽的鞋子在門口，我料想她一定是吞了安眠藥，正躺在屋裡的某處。我喊了她兩聲，沒回應。媽媽不是會自殺的人，她服藥，單純是因爲睡眠不好；但有時迷糊下還是會多吃幾顆。她就曾有過藥物過量送了急診催吐的經驗。

客廳只有六坪大，置物櫃隔出客廳與飯廳的空間；說是飯廳，更像是走道，因爲這房子裡只有我和媽媽，而我們倆幾乎未曾在所謂的飯廳桌上，一同吃過飯。

一字型的廚房沒有窗，抽風孔是唯一聯通戶外的孔道；長年西曬，抽風機已年久失修。微弱的路燈剛好透進孔道裡，算是住在二樓住戶的好處；不開燈，一年能省幾度電。

客廳和廚房都檢查過了，剩下兩房。一間是媽媽的房間兼衛浴，一間是我的房間兼倉庫。往房間走去時，大概就能感覺到她在哪間房裡。

耳邊又出現雜音，而且越靠近媽媽的房間，雜音就越明顯。

語音像飄散的棉絮，從遠處往我眼前匯聚。

推開門，媽媽果然躺在床上，被子沒蓋好。第一件事就是檢查藥盒。她通常會將每日份的安眠藥分類到藥盒裡，按時按量服用。今日週二，但週二和週三的藥都是空的。看來她吃了兩顆藥。

我推她，叫不醒。

明日就是小年夜，還有祭祖的牲禮沒準備。記憶裡，媽媽也沒拜過哪家祖先，她總說我是撿來的；再纏著她問，就會說我是垃圾桶生出來。比石頭蹦出來的還慘。年幼時，依稀記得外婆來找過媽媽一回，言談時聽見媽媽是個拋家棄夫的女人；她否認，只說自己是在找一個人。

那個人，就是我們這間屋裡唯一祀奉的牌位。只有一塊牌位，沒寫名，不知是祖先、遊魂，還是哪位神仙。

我預料那兩顆安眠藥應該會讓媽媽睡過明天中午，然後再度錯過準備牲禮和祭拜的時辰，接著懊惱下又吞了幾顆藥，讓自己睡過整個年。

好多個小年夜，都是這樣過的。

3

初一早上，媽媽終於醒來半天，看著錯過祭祀時辰的牌位，正苦思著要不要把剩下的安眠藥全吞了。但是診所初七才開診，她現在如果全吞了，接下來六天就沒有藥吃了；幾番掙扎後，她決定補拜，拿著香跟牌位說了一個多小時的話。

耳邊的聲音一直沒有停過，接不上頻道的雜訊中偶爾參雜著一句「幸子」。

如果對話是眞實的，是不是表示這位「幸子」是這些長年以來纏著我的聲音中的，其中一位人物？

我在屋內隨意而走，像是接收訊號那樣，試圖尋找更清楚的頻道。

媽媽看見我漫無目的走動的模樣，知道我幻聽的病徵又出現了；她從牌位後拿出一包不知收集多久的香灰，泡了水，讓我喝下。

「讓妳趕快找個對象嫁了妳偏不聽，放假就賴在家裡，想那些有的沒的，才會這樣啦。」她說。

我眞的有聽見聲音，這次比以前清楚……想這麼回應她時，手機傳來鈴聲。是坐我隔壁的同事，就是幫我攔下差點進了焚化廠的藍衫的那位。

她的聲音有點興奮。大意是，除夕夜她家親戚齊聚一堂，她跟親戚們提到差點被丟棄的那件藍衫；好巧不巧，裡頭有一位是私立大學服裝設計系某研究院的計畫主持人。但他重點不在同事如何英勇救下一件近七十年歷史的藍衫，而是藍衫本身。

「他要辦一個客家古文物展，想要跟妳配合，我問過主管了，她說只要有利於基金會正面形象，辦公室都可以配合。妳可以問問個案，能不能借展那件藍衫嗎？只要半年的展期就好。」

「可是阿婆的小孩子們不太願意耶，他們之前還討論要把阿婆送到安養院。」想到前幾日小兒子緊迫盯人的目光，我有些膽怯。

「妳只要問阿婆就好啦，藍衫不是她的嗎？妳還可以去問問那個藍衫的由來，別跟我說妳一點都不好奇喔。」

同事的話，真是正中紅心，誘引了我的好奇。

在同事的引薦與古物研究室的推波助瀾下，我成了策展組的其中一員。負責的項目，就是蒐集更多藍衫。他們覺得這件事交給我最妥當；因爲我負責的個案區域，就位於客家左堆。以訪視之便，詢問地方長輩或耆老家中舊物，再適合不過了。

於是，年後我便成了斜槓的上班族。

白日訪視個案，寫紀錄表；下班後當研究室的鐘點策展員，整理從各方租借或蒐集而來的「舊物」。

蒐集「舊物」的行動維持半年，直到端午前後我負責的地區才整理出七件藍衫，和一雙貼有紅紙，用毛筆字寫著「家官」的繡鞋。（繡鞋轉交給另一個組別負責，聽說他們要建立一個清末時期的客人嫁娶場景，需要那雙唯一的繡鞋。）

七件藍衫裡，只有兩件是真正穿過的衣物，破損嚴重，本不採用，但收來的文物實在太少，只好列入選項。從行銷組得知的資訊是，藍衫本就是客人常服，會特別保存起來的莫不是有些家底的人家；一般農作人家，衣物無法修補後就會丟棄，當然很少留下。

這麼一說，阿婆倒是另類的文物「富豪」了？

除了那件被特別包裹在包裝紙裡的藍衫之外，阿婆還有代表著六個兒子哺乳期的六件素色藍衫。可當我回去想跟阿婆租借時，她卻說衣服都被長孫媳整理掉了，大概是丟進年初三的那趟垃圾車裡……那是阿婆第一回跟我說話，卻讓人聽得昏頭轉向。

六件珍貴藍衫，就這樣沒了？

「該只係舊衫。」阿婆平淡地說。

臉上的失落很明顯，我竟不自覺地在阿婆面前嘆出氣來。她又是同樣的動作，從床底拖出一只皮箱，拿出那疊泛黃的紙。

我已經知道這疊紙的重量，壓抑著尖叫的激動，不敢伸出手。感覺有些罪惡，不久前我竟然差點將它給送進焚化廠裡。

「還分你了，小春。」

我不叫小春。說實在的，我也從未跟阿婆說過自己的本名，只介紹自己是基金會的訪視社工。

那句「還給我」太清晰，一度有個錯覺，那不是阿婆的聲音，是一個少女的聲音；而少女的靈魂，就被關在阿婆的眼眸裡。

誠惶誠恐接下那疊紙。

果然重量變得不一樣了。

在我手裡的紙被照進屋內的微弱陽光印上影子；突然間，好似就在一瞬間，紙在光影中化成虛無。一件色澤飽滿的藏青色藍衫出現在視線裡，長袖的反摺處是紅色棉布，衣緣上的闌干是絲質的緹花織帶，繡著金邊的蝴蝶。

蝴蝶彷彿乘著日光而來，翩然飛舞。

我又聽見了有人在喊——幸子——後頭還有幾個聲音——幸子，幸子大阿姊仔——

4

爲紀念阿婆沒來得及保存的六件藍衫，我私心替這件藏青色藍衫編號爲「七」。

開展第一日，進場的人不多；即使看展了，通常也是匆匆瀏覽而過。

「因爲颱風要來了。」策展組組長將人數稀少原因怪到「天災」上。確實聽說颱風要來了。今年的第一個颱風，來得很早，才入仲夏就在臺灣外海伺機而動。

她才說完，行銷組嗤之以鼻。

只有編號的文物，少了故事，確實很難讓人的腳步停留。行銷組建議要爲每件文物重新製作故事板，寫上簡單幾句說明或背景；而這事，要策展組的人去想辦法編出故事來。

我因此被分派了新的工作。

結束白日的辦公室工作後，到文物館中的簡易工作室裡繼續加班。

自從接了策展，從年節一路忙到端午，回到家的時間已經披星戴月。可也因爲待在家的時間少了，沒讓媽媽看見我那副神遊的模樣，這半年倒是少喝不少符水。有種精神好多了的錯覺。沒看見我「發瘋」，媽媽的壓力也少一些，現在安眠藥藥量減到一日半顆。

編號一和二是破損較嚴重的藍衫，是客人服飾眞實的使用狀態，故事性強，就捐贈個案提供的訊息，很快就組織起完整的介紹。編號三、四、五，是古文物研究室專案的收藏品，本就有完整的來歷，整理起來也容易。編號六是舊衣改製的新款，出自於一名退休裁縫師傅的設計；光是師傅本人的故事就超過故事板篇幅。

現在唯獨剩下編號七的藍衫了。

看來明日還是得再跑一趟阿婆家。

這次就開門見山問她，關於這件藍衫的由來吧。

我忖度，如果問不出來，就問問關於「小春」的事；或許也會跟「幸子」有關？

5

離開醫院，已經落日。

阿婆躺在床上，右手臂上連接著點滴，眼神迷糊，有些不省人事。護理師說，阿婆這幾夜都沒睡好，醫師於是在點滴裡加了些許安眠劑量；我拜訪的時間不巧，遇上了點滴藥效發揮。

護理師知道我是阿婆之前的社工，便讓我隨她到護理站填寫遺漏的資料。阿婆的病歷表上，標註著她入院的時間——是她「還」給小春藍衫那日。

阿婆獨居，小兒子唯有在送三餐時才會出現；他不敢在村裡逗留太久，怕遭人非議自己嫁人的事。通常匆匆放下食物就離開了。

上天彷彿掐指算過，那日我離開時是黃昏，小兒子在一個小時後的晚餐時間出現；可就在那段時間裡，阿婆莫名昏倒在床上，送來醫院時曾失去過意識。離開加護病房後幾日，像迴光返照，人異常興奮和躁動。好幾個夜裡不睡，叨擾隔壁床的病人。醫師無奈下，經家屬同意，才在營養劑裡摻入安眠鎮定的藥物，讓阿婆在夜裡能好睡些。

所謂的家屬，其實也只有居住外地的小兒子。前陣子看到的長孫媳、四兒子、五兒子都是失聯的狀態；聽說這情況是常有的。阿婆的六個兒子，並沒有讓她享有兒孫滿堂的福分。

「早上阿婆會醒，妳可以那時候來。她這幾天狀態有慢慢在進步，妳是她以前的社工，跟她聊聊天，她應該會很開心的。」護理師讓我填完資料後說。

情況沒有我想像糟糕；只是明天要多跑一趟，要跟社工單位請個半日的假，麻煩的是，年假早因爲這半年的策展被我請得所剩無幾，確實有些困擾。

突然困惑起來，自己爲什麼要爲了一份不是正職的工作，如此傷腦筋呢？

有種念頭浮現：等問完編號七的來歷後，就暫時離開策展團隊吧。年節時突然冒起的一頭熱，似乎有一瞬間，煙消雲散了。

既然甚麼也沒問到，那今天就不用回文物館的工作室了；可回家前還是得先到辦公室送出明日半天假的申請，接著就可以提前收工回家。年節後，已經有半年多沒有跟媽媽好好吃頓晚餐。我打包自助餐，打算搬出那張收在我房間裡，長了灰的餐桌。

就在置物櫃所隔出的飯廳裡，吃頓飯吧。心底念頭越強烈，跨步就越大。手裡甩動裝著便當的塑膠袋，回過神後才慶幸，便當裡沒有蒸蛋。

走到房子外的那盞路燈時停下，成群環繞的蚊蟲在微弱的燈光下，溫暖地聚成一圈。

颱風或許眞的要進來了，才發布海上警報，路上的蚊蟲已經先知先覺，翅膀拍動得很急切，彼此聚集摩擦。

風有點大，斷斷續續從遠處傳來鹹淡的雨水味。

二樓的燈沒有亮，正感覺疑惑時，我接到醫院的電話。

家裡果然沒人。

媽媽在醫院。

6

——幸子大阿姊仔，佢哪位乜毋想去，只想留在大阿姊仔身邊。

耳邊的聲音像是聚集在烏雲裡的雷鳴那樣，轟轟作響。急診室外的救護車鳴笛和走廊上紛沓而至的腳步聲，都被耳邊的聲音壓過；成爲另一個音頻，被轉走。

呼喊著「幸子」和「大阿姊仔」的聲音，越來越靠近我。

我聽得很清楚，那是一個少女的聲音。與那日阿婆拿給我藍衫時，偶然稱呼我「小春」的聲音，很像；都是清澈而透亮的嗓音，如黃鶯。

手術燈暗下後，醫師走了出來。

媽媽這次送急診的原因不是服用安眠藥過量，而是急性腎衰竭；但追根究柢，也跟她長年不當服用藥物有關。醫師評估，日後媽媽可能要面臨常態洗腎。交代完醫囑後，媽媽被轉送到加護病房觀察，情況只要沒有重大變動，隔日就可以申請普通病房。

提著冷掉的便當，我在加護病房外的椅凳上呆坐許久。

加護病房有特定的探視時間，媽媽送進去時，正巧過了夜間探視。果然想在飯廳好好吃飯，是種妄想。不知在椅凳上坐了多久，直到塑膠袋溢出湯汁時，時間已經過了午夜。抬頭回神，驚覺這間醫院，自己下午來過。

既然已經過了午夜，我也不打算回家了。

草草把便當吃完，我橫躺在椅凳上，打算就這樣睡了；若真有人來趕我起來的話，再說了。

迷濛中，感覺醫院的空調格外寒冷。

根本沒帶外套，只能用雙手環抱自己，讓自己倉促入眠。

聲音越來越多。

——幸子大阿姊仔，你莫將佳賣核[1]，佳求你。

很慶幸一覺天亮，晨光照入時也還沒被人趕起床，醒來前最後聽見，且還記得的那句話，是句帶著哀求的哭聲。

早上十點是當日第一回探視時間。離十點還有三個多小時，我估摸媽媽的狀況若穩定，十點的探視時間結束，護理師就會請我幫媽媽挪病房了。在這之前，我想先去探望昨日撲空的阿婆，希望可以順利見到一面。

早晨的醫院大廳很冷清。診間醫師還沒上班，病患還沒就診；除了偶爾送早餐的外送人員或家屬外，最多的是正在交班的護理師們。但只有一個樓層例外，那是阿婆所住的樓層。

電梯門一開，樓層裡發出匆促的腳步聲，來來回回從護理站到某間病房裡。

我探頭，心底瀰漫著不安。

想上前確認到底是哪間病房在發出警報聲時，向來不太合作的策展組和行銷組同時打來電話。最後是策展組成功插撥了進來。

「屋頂漏水了，藍衫，妳那件七號的藍衫……」組長慌亂的聲音裡，還夾雜著行銷組人員吆喝著要把被吹走的宣傳看板追回來的聲音。

手機放下時，才發現醫院落地窗外，正斜打著大風大雨。

❶ 賣核：mai hed´，賣掉，南四縣用語。

7

清晨的計程車不多。

舉著傘跑在雨中時，耳邊傳來哀求的哭聲，哭聲交疊著雨聲，伴隨著狂風襲來。哭聲裡有掙扎，有鞭子落在身體上的節奏，有男人的怒斥和威嚇。

——賣身契拿來。

——大阿姊仔救伲。

——分伲畫押！

——大阿姊仔救伲。

耳裡的聲音越狂亂，我奔跑的速度就越快。有個意念很強烈，想用劇烈的喘氣聲壓過那些紛沓而來的話語。

「幸子」一直都沒有出現，但喊著幸子的人卻不斷求饒，被男人們包圍在棍棒間。呼救聲中，偶爾會傳出一兩聲，不屬於求饒那人的聲音；一樣是很年輕的女子嗓音，悶悶啜泣著，但壓抑在身體裡的吶喊，始終沒有出現。

在懷疑自己幻聽症狀加劇的不安下，我終於跑到文物館外。從醫院到文物館，大概半小時的腳程，如果不算路上號誌和風雨攪亂，我應該可以再早個十分鐘到。

文物館外已經一如往常，看來行銷組的人已經處理好了，被吹走的看板用童軍繩跟門口的樹綁在一起，在風裡拉扯著。

戶外沒甚麼行人，風雨有瞬間是驟停的，然後變成了綿綿細雨，輕輕地斜打在文物館外頭的老牆上。牆面剝落的磚上，被暈染出一幅巨大圖騰。起初，我還看不出那圖騰的模樣，漸漸走近後發現——是蝴蝶。

館裡傳出聲音，還有些混亂。

想必館內的狀況還未解除，我想著那件編號七的藍衫，心跳得很劇烈。

可才跨步上階梯，方才被我奔跑喘氣壓過的聲音，又再度出現……

——大阿姊仔，闌干上係你中意个揚蝶仔。嫁過去過後，千萬愛講這係你自家刺个。你係社長个妹仔，下二擺係地主个長媳。

聲音裡帶著微微的顫音，有些哽咽，但不明顯。

那人依舊喊著「幸子小姐」，而我終於聽清了真正的幸子的聲音，跟那日從阿婆手裡接過藍衫時，偶然出現的少女聲，相似。

——小春，侄會將你贖轉來个，等侄，等侄，你愛等侄。

——大阿姊仔，侄相信你會來，侄等你。

原來那就是小春。

聽見耳邊最後浮現的小春聲音時，我已經站在編號七的藍衫前。藍衫的衣領淋上屋頂漏下的雨水，含著髒污，覆蓋在繡有金線的蝴蝶圖騰上。兩組人馬爲了搶救更多被淋濕的文物，都狼狽不堪，頭髮沾著水，身體也裹著潮濕。

那天我連下午的假也請了，年假不夠，用的是事假。理由是，母親開刀。但我整個下午都沒有回去醫院，只是無止境地將門外灌進的水用畚箕舀往室外。有人抱怨，到底是誰租借那麼破爛的場地，下場雨，屋頂就開天窗，名副其實的天窗。研究室請來專門修復衣物的研究員，想趕在下週末聯合市集的時候將毀壞的衣物修復完畢，當然也請來法律的專家，不得不預先評估可能賠償的租借費用。

行銷組問我編號七的藍衫的租借合約在哪？

我根本沒簽合約，藍衫是阿婆說「還給小春」的，而我根本就不知道小春是誰，在哪？

「我回家找一下。」如此回報，敷衍過去。

我終於不得不回去醫院，因爲醫院發出媽媽的病危通知。消息來得太快，我來不及打聲招呼，就離開文物館。

風雨已經稍停，攔下計程車，直奔醫院。

媽媽這回衰竭的不只是腎了。

她的衰弱出乎我的意外，可她本人卻似乎了然於心，拔掉呼吸輔助器後，她迷濛地看著我。

不知道那是彌留還是她眞的知道我。

「我還是沒有找到她。」

「找誰？」那是我第一次很明確地問她。

「她一直在等她來，在我身邊徘徊，想讓我替她去找她。我不願意，她就去找妳，對不對？」太多的「她」，我還是不知道媽媽在找誰。不，媽媽說她不願意去找，是那個人，一直逼著她去找。

「妳是不是也能聽見她說話？」

媽媽閉起眼，彷彿這一刻她已經練習了無數次。

「那些找我的聲音嗎？媽媽妳也能聽見？妳不是說那是我的幻聽嗎？」

「不是幻聽。她叫小春。」

這句話停留了好久，在我的腦海裡。

之後關於小春更多的事，我沒來得及從媽媽那得知更多；她就如同過去吃安眠藥練習長眠那樣，無聲地睡了。

8

——幸子大阿姊仔，妳愛佢無？

屋內迴盪著低淺的啜泣，一時間混亂了，搞不清楚那聲音是我發出來的，還是耳邊徘徊的那些聲音。

我終於知道，家裡那塊無名的牌位拜的是誰了。

她是小春。

媽媽的房裡果然有那張被她藏起來的紅紙，上面是一名女性的生辰八字和卒年——生於大正三年五月十五日卯時，卒於昭和七年十二月三十日申時。

得年十八。

小春的女兒就是我年幼時僅一面之緣的外婆，而逃離家的媽媽，確切來說是爲了躲避那些找她的聲音，才搬到現在這間破公寓裡。在公寓裡，生下我。外婆、媽媽，就跟小春一樣，像是被詛咒般，不是遇人不淑，就是在非意願下產子。

突然明白，媽媽爲何逼著我結婚，急著讓我尋找良人。

生下的都是女兒，繼承著這份怨念，只爲了尋找一個人——小春所愛之人，幸子小姐。

這份愛，曾被幸子珍視，同時也替小春招來殺身之禍。

有個念頭乍然而現：幸子是阿婆嗎？

阿婆有六個兒子，對她來說，哺育過孩子的六件藍衫可以雲淡風輕，也可以被丟棄燒毀；而唯有那件繡著蝴蝶的藍衫，被她珍藏在泛黃的紙裡，像是塵封在心底的祈願，終生未曾揭開。

文物館經過那場「天災」後，重新開幕了。

「編號七」依舊沒有補上故事板，只是增加了說明：此爲婚服。客人尚儉，將日常常服長袖拼接爲紅色與粉色，便可作爲婚服或禮服使用。闌干所用絲線可辨識衣物主人身分，富有人家多以金蝴蝶作爲裝飾，反摺袖口。並取「蝶」與「耋」之音譯，象徵長壽，浪漫愛情……（這塊說明板，還是當初拿走那雙繡鞋的組別附上的，與繡鞋一同，成了「嫁娶」的主題。）

參展的人變多了，也不知是行銷有利，還是故事板生效了。

有人慕名而來。是慕著文物館外被雨水沖到剝落的那面水泥牆；磚頭裸露在外，隱約中眞的成了一隻蝴蝶。

拍完外牆的人順道走進展場裡，閃光燈在展覽品櫃前閃爍，有某個瞬間，我彷彿看見阿婆。

阿婆站在「編號七」的展覽品前，凝視著——

客家女兒紅

1

她的眠床下，擺著十來罐的陶甕，有大有小，裡頭清一色是老菜脯。

多數的陶甕妳都有印象。

因爲身形小，她總是讓妳鑽進眠床底下，把每一回醃好的陶甕放進去。從有記憶以來，妳就常跟在她的身後。每年冬季，她一定都會去美濃一趟，她說，不要看美濃的蘿蔔小小的，曬乾後氣味十足，也被叫作「小蘿蔔」。

鄉下交通不便，等公車往往得花上大半天的時間。雖然南國溫暖，可偶爾侵襲的寒流還是讓人冷得發抖。幾回去美濃時，就正巧遇上了那年的首波寒流，冷得出乎意料；明明早上出門還陽光普照，一到夕陽西斜時，沒了陽光的庇護，便冷得無處可藏。

屏東客運那些年跑的都還是舊型車，設施簡陋，車窗卡榫生鏽是家常便飯，關不緊的門窗讓冷風有機可趁。有時車輪只是壓過一道窟窿，車身上下震動，車窗便會自動開啟。

妳伸手壓著車窗，低著頭，不想冷風吹到身。坐在旁邊的她也幫忙壓著窗。妳與她的手，一個布滿皺摺，一個光滑稚嫩。沾滿油的卡榫黏著一坨黑色油漬，從冷風中傳來難聞的油耗味。

妳還來不及摀起鼻子，就朝她手臂噴去鼻水。

她解開斗笠，脫下頭上的花布，先替妳拭去臉上的鼻水，接著若無其事地綁回花布，戴回斗笠。突然發現自己手上還有鼻水，才朝地面甩了甩。站在走道上穿著制服的學生看見，立刻退避三舍，用著無比嫌棄的目光盯了妳倆一路。

那是妳剛入小學不久。

她趁著午休時間將妳從學校帶出來，說要去美濃拔蘿蔔。老師當然不同意，這一趟去美濃，怎麼可能還能趕上下午的課？她很疑惑，昨天還上半天課，怎麼今天就上整天了？今日週二。老師說。那明天再留下午就好了。她有自己的邏輯。

妳聽著她與老師爭執不下，扯著她的衣角說今天不要去了，明天再去。沒想到她無比堅持，說嫁到美濃的妹妹，也就是妳姨婆，跟她說今天有一塊田要清，運氣好點的話，可以便宜好幾斤的錢。

老師拗不過她，說要離開就請假，要請假就讓媽媽來請。

她不樂意了。說每天都是她接送妳上下學，跟家裡那女人有甚麼關係。她口中的「那女人」便是妳媽。

她就像是被點了火那樣，劈里啪啦如爆竹，炸得整間教室，連老師和同學都面目全非。年輕老師哪有跟頑固老人吵架的經驗，被罵得羞憤不堪，氣紅了眼。同學紛紛拿著未吃完的便當盒，置板凳看好戲。

妳甚麼也沒說，低頭感受著同學傳遞而來的嘲笑。

「阿嬤，偓兜來歸，好無？」妳唯唯諾諾發出央求。

她把妳攬著，將未吃完的便當盒胡亂收進書包裡，跟老師撂下狠話後帶著妳離開。能離開就好，不管原因是甚麼。妳鬆口氣，如此想。也不願回頭看還有多少人滯留在走廊上看妳笑話，老師到底氣昏了沒……但妳知道在僅兩百人的小學校裡，明天起，妳又將成爲被人議論的焦點。

同樣在這所學校，幼稚園時她就來鬧過一回。妳被同學集體欺負，哭著回家，隔日同學便集體被她罵哭，連聞聲而來的家長也被她的獠牙擊退。從此之後，就常有人在妳面前說，妳阿嬤很兇、很壞，是地獄來的魔鬼。

但魔鬼卻將妳帶出了地獄，搭著車，前往美濃的蘿蔔田。

蘿蔔的土很鬆軟。妳還年幼時，身形矮小，體重也輕，踩在土壟間能輕盈奔跑。她拖著布袋，目光犀利，雙手撥開土堆上的青葉，瞄準蘿蔔露在陽光下的一寸潔白，就能知道藏在土下的蘿蔔長得漂不漂亮。彎腰忙碌時，她偶爾仰頭尋找妳玩耍的身影，喊妳名字。妳聽見她的聲音有些遙遠，發現自己走遠了，才趕忙回到她身邊。

她怎麼會是魔鬼呢，妳說甚麼也不相信同學老師說的話。可這麼說的，並不只學校裡的人，連妳媽，妳媽的朋友姊妹父母，還有妳爸的酒友獄友，鄰居、鄰居家的親戚也那樣告誡過妳。

這次連車上不相干的學生，也用厭惡的目光在訴說：妳阿嬤好噁心。

妳因為無法跟人解釋而覺得氣餒，窩在她的懷裡，閉起眼，當作這個世界的目光都不存在。她裝滿蘿蔔的布袋擋了旅客的去路，妳被人搖醒，那人臉色很糟，沒打算讓妳解釋或道歉。妳趕緊把擋道的布袋拉回座位下，但她身形臃腫，車位間的空間本就不夠，能讓出的通道不多。那人跨腳，勉強走了出去，丟下一抹「實在討厭」的揚嘴而笑。

妳再度回到座位上。她睡得很熟，想必剛才那人一定是搖了許久，叫不醒她，才改叫醒了妳。

車子繼續在路上顛簸而行，她的胸又大又垂軟，跟大肚腩幾乎要連在一塊，妳就睡在她肚皮上，即使車子上下震動也很柔軟。妳又再度迷濛睡了過去。不久後，吵醒妳的不是任何一名乘客，是她。

妳可能是因為玩了整身汗，又吹了冷風，開始渾身發燒。這才想到，剛才妳倆合力想要關上的窗，並沒有關上。車子正巧駛進了潮州市鎮。她抱起妳，開始吵嚷著司機停車。司機說沒有站牌不能停車，硬是又開過了好幾個紅綠燈，眼見一家兒科診所過去，她更急了。

司機堅持，想在哪裡停車，要說，要拉鈴。

她只說在這裡停車。而她說的「這裡」，剛好是車子進入光春圓環的時候。過了光春，就離開潮州市鎮了。

她甚麼也顧不得了，趨身想要移動方向盤，改變方向。

司機嚇到了，急踩煞車，氣得臉紅脖子粗，開始破口大罵。

她沒有如過去那樣跟人針鋒相對，只是不斷搓揉著妳發燙的身體，用司機聽不太懂的客語，比手畫腳，求司機開回剛才駛過的診所前。

「拜託一下啦，偓孫就無法度行了……」

司機愣了片刻，終於聽懂了，可隨後火氣再度上來，說甚麼也不可能開「回頭車」。車上所剩不多的乘客，有人好言相勸，替司機解釋爲什麼車子不能往回開；但有更多的人是坐在位子上，毫無動靜的。

妳從座位上下來，拉她衣袖，想讓她別吵了。

摸到她衣角時，妳發現她衣服都濕了，不知是更早之前在蘿蔔田裡弄的，還是現在。妳身上蓋著她的外套，躲著外頭的冷風、車內的冷氣，還有衆人的目光。觸碰到她衣角的濕漉時，沾著汗水的紗質衣衫是她身上所剩不多的溫暖。

妳依偎著那份溫暖，多麼希望她停止吵鬧。

司機終於拗不過她，但也不算妥協，車子已過圓環，只能將車停在光春陸橋前。雖然潮州鎮的範圍不僅眼前所及，但眞正繁華的地帶早已經過了有百公尺遠，最近的診所起碼要徒步二十多分鐘。

下車後，她沒有多餘的心思照顧那整袋的蘿蔔了。把蘿蔔放在陸橋下，背上揹起妳，往回走。

迷濛的意識中，妳感覺冷風與她身上的汗味和在一起，將妳包圍著；她越走越快，汗如雨下，體溫越來越低，而妳的體溫越來越高。

在小診所的病床上躺了半個下午，終於把一大罐營養劑滴完；離開診所時，迎面的風含著厚重的水氣，也不知是不是下了雨，總感覺皮膚濕冷又黏膩。她帶著妳又走了好一段路。這附近不是她熟悉的上下車地點，不識字，只能沿路問人。可回村裡的車班少之又少，等妳倆終於問到人時，才知道回村裡的最後一班車，已經開走。

沒有辦法了，她只能跟人借電話，撥回家裡。

妳早就走不動了，蹲在路邊，有些後悔。想著如果中午沒跟她離開學校，是不是就不會發這場高燒，現在也應該在書桌前完成回家功課了吧。突然想起功課還沒寫，妳開始動搖，咀嚼著那些人曾批評過她的話。

很快地，接到電話後的媽媽叫了車過來，將妳從她的懷裡搶奪而去。一般來說，這場景妳並不陌生，有太多次她與媽媽的明爭暗鬥裡，妳都是雙方的籌碼。但這回，她沒有跟媽媽爭奪妳，鬆開手，臉色無比落寞。

妳感覺到她癟著嘴，充斥著不甘心，但眼下除了讓媽媽帶妳倆回家，她別無他法。

2

終於到家後，妳被媽媽拽著進屋。家裡是三合院，有正廳與左右廂房。妳與媽媽、妹妹住在左廂房裡；她與阿公住在右廂房後的草屋裡。爲什麼不住右廂房？妳曾問她，她道，那是要留給妳爸爸住的。妳嗤之以鼻，說眞等到爸爸回來，妳與妹妹也大概都搬出三合院了。她依舊堅持，將右廂房的空位留了下來。

進屋後，媽媽將妳押在書桌前，攤開未完成的回家功課，逼著妳寫完。妳抹著淚邊寫，不敢哭出聲音。妳知道，妳的哭聲輕易就能讓她撞開房門，將妳從媽媽的身邊帶離；但妳沒那麼做，努力忍耐著。結果妹妹因爲嗆奶大哭，媽媽語帶不耐地哄著妹妹，又將情緒轉嫁到妳身上。妳還是忍耐不下了，跟著妹妹大哭的聲音徹底放聲。

聽到哭聲，媽媽也受不了了，扯掉妳正在寫的作業簿，拍桌大罵，「妳哭甚麼哭，妳好意思哭，不是很會嗎，才幾歲就蹺課，穿成這樣出門，妳是嫌我還不夠煩是不是啊。妳妹妹腸病毒，妳也要學她是不是啊？故意的嗎？」

在外頭正洗著蘿蔔的她聽到媽媽的聲音，果然撞起了門，「你个夭壽嫲，細人仔破病仔了毋鬆爽，你這下在講麼个，你毋曉得照顧細人仔，俚來顧。」

門就跟過去一樣，毫無防備，直接被她撞開了。

於是乎，那晚妳又睡在了她的眠床上，擠在她跟阿公的中間。

她的眠床是木板床，很硬，很難睡；也不知是不是因爲感冒藥的緣故，才剛躺上床，眼淚擦乾，便開始頭腦昏脹，片刻功夫便入睡。

隔日清晨，她依舊早早起床洗滌昨日未處理完的蘿蔔。三合院前的稻埕旁傳來地下水泵浦的壓縮聲，嘩啦啦的水流跟著傾瀉而出；妳想起身，卻四肢無力。又多躺了許久，終於能起身時，她已經清洗完蘿蔔。

她將蘿蔔曬在日頭下，拿著檳榔扇，驅趕著上頭盤旋的蒼蠅。

妳躲著看，突然覺得，陽光下的她跟曝曬在竹篩上的蘿蔔一樣，曾經是潔白安逸，隨著晨昏推移，才在無聲中變成皺巴巴的模樣。只是，曬蘿蔔是快的，若是烈日，一日便足夠。而人走在時光下，面對生老病死，感覺是慢的。

那時的妳並不懂得時間的快慢有何不同。

她發現妳又躲著偷看她，把妳喚出，放下手裡的工作，從自己的衣櫥裡拿出外套讓妳披上。

外套有股霉味，讓妳直打噴嚏。

未料，噴嚏聲再度引來正哄著妹妹吃藥的媽媽的注意，「妳自己沒有外套嗎？」就說了這麼一句，將門拉上，妹妹的哭聲再度隱於房內。

妳來不及解釋，她便插話說，「夭壽嫲。」結束回合，回到手邊的工作。她將晾好的蘿蔔放進陶甕裡，撒上粗鹽，層層交疊，壓上石頭；隔日，將蘿蔔脫出的水分倒出，曬乾，再撒一次粗鹽，壓上石頭，瀝出水分。直到蘿蔔不再脫水爲止。重複的動作，是她每年冬天都會做的事，不厭其煩。

冬季的味道，就是她棉衣上的汗水與陶甕裡的菜脯的味道。

每年的蘿蔔收成產量不一，她眠床下的陶甕也有大小之分。她將脫乾水的蘿蔔重新排列進陶甕裡，妳便負責在那些陶甕的蓋上刻上日期。從生澀的數字筆劃，到流暢的字跡，也載錄了妳的成長。

數列的陶甕裡，有一個特別大的陶甕，上頭沒有標註任何數字。

她說，那個陶甕本是她的嫁妝，裡頭裝的菜脯則是留給妳出嫁那年用的。她還手舞足蹈形容當時光景。妳滿月時正是冬日，時逢蘿蔔產季，那年頭車班少，她專門請人拉牛車到美濃去，跟姨婆收購了那季最上等的蘿蔔。

「做下都分佢買轉來了。」她說這話時，很可愛，似乎在跟妳邀著功勞。

妳總想像著，在妳沒與她同行的那幾年裡，她是如何一回又一回扛著蘿蔔的布袋，上公車，下公車。

妳看她，總覺得她是女力士，可以將半個麻布袋的蘿蔔扛上肩，還能一手牽著妳的手。直到妳也能漸漸幫忙負起一些重量時，她的布袋才逐年減輕。可妳能負起重量的速度始終太慢，直到她的身上無法再負重時，妳仍無法揹起完整的半袋蘿蔔。

「俔做得打開來看看仔無？」說這話的那年，妳十歲。

「戇嫲，做毋得，就講好愛等你出嫁个時節，該時節啊，阿嬤再過帶你來開。」

在她半哄半騙下，妳又多忍耐了五年。

十五歲，高中住校前夕，妳又再一次央求她把那罐沒有數字的陶甕打開。她猶豫片刻，說妳身形小，不然就自己爬進去看看。妳以爲抓到了機會，沒想到就在妳剛碰到那罐陶甕時，她反悔了，叫妳去開隔壁妳出生周歲那年做的小陶甕。

看不到十五年的，十四年的應該也不差。妳妥協了，將小陶甕抱在胸口，怕她再度反悔，轉身趕緊爬了出來。

十四年的老菜脯打開後散發著甜甜的香味，有點像泡過了酒的藥材，氣味複雜，但眞的細聞時，卻仍有蘿蔔的香氣。也不知是不是眠床下燈光晦暗，交疊在陶甕裡的蘿蔔就像是萎縮的乾柴，再下層一點，更像硬得發臭又長毛的石頭。

妳皺了臉，不是很滿意。

「阿嬤，該做得食無？」

「戇孫，這正好食，阿嬤煮雞湯分你食。」

她開始在灶上忙東忙西，等待時，媽媽就在門外看著妳倆。

「妳阿嬤又再煮甚麼？到時候又要故意說我不煮飯是嗎？」媽媽說話依舊銳利，可妳明白，這話也沒說錯。

「阿嬤在煮雞湯，妳等下要不要喝，很香喔。」

「那種東西妳也敢吃，不知道多少細菌，妳到時候拉肚子了，就叫妳阿嬤帶妳去看醫生，我還要照顧妳妹妹弟弟，沒那麼多時間照顧妳。」

弟弟剛滿三歲，正是可愛的年紀。四年前爸爸出獄，一年後媽媽生下弟弟，爸爸便又離家了。諷刺的是，除了坐牢的那些年，爸爸行蹤總是不明；這回又去了哪，沒有人知道。

媽媽訴請離婚，可被威脅不能帶走弟弟，於是又再一次妥協留了下來。就如同妳、妹妹出生的那年一樣。媽媽曾在四下無人時偷偷帶走妳們，但從未成功，嗷嗷待哺的孩子囚禁了她，亦是種坐牢。

或許因爲這胎是兒子，家裡長年緊繃的關係緩解了不少。但也可能是妳自己的錯覺，因爲，妳學會了撒謊。

「若阿姆講麼个？」在廚房裡顧著雞湯的她早就知道媽媽與妳說話。

「佢問該個雞湯仰般煮。當香。」說謊，已然成爲妳應答的習慣，妳絲毫不覺得羞愧或心虛。

她嗤之以鼻，碎唸起這些年來妳媽媽那些見不得人的廚藝。

「無要緊，佢會啊。」笑容不變。

她舀了碗雞湯試味道，也讓妳嚐嚐，試圖讓這個話題過了。

對了，她除了討厭妳媽媽外，也不喜歡妳妹妹。原因是，妹妹曾經差點成功被媽媽帶走，過上幾年都市人的生活，被養得白白胖胖。

媽媽決定再回來，說到底都是因爲妳。

上小學前，妳曾一次黃疸過高，幾乎喪命。媽媽得知消息，帶著已經脫逃成功的妹妹一起回來，一番爭執後，終於將妳從乩童和她的手裡搶了過來，送進大醫院。因此妳很明白，爲什麼每次她霸佔著妳不放時，都會挑起媽媽的神經。在醫院醒來後，妳看見久違的媽媽，很高興。悄悄看著媽媽的模樣，與妳記憶中的已經有些不一樣。那些年裡妳所看見的媽媽，都是照片裡的。她抱著妹妹，去了動物園、公園、游泳池……妹妹穿著漂亮的洋裝，紮著辮子，獨享了媽媽的擁抱。

她把照片給妳看時，妳總是忍住不流淚，告訴自己：媽媽有妹妹，她有妳，應該就公平了。這些年，妳也努力維持著這份平衡，大抵上也相安無事。但弟弟的出生又打破了平衡。

發現似乎怎麼答都不對，妳把目光移到火爐上，提醒她雞湯溢鍋了。

她起身，關小了火，坐回椅子上後拉著妳的手嘆息，悵然若失般地說著妳幼年時被乩童治好的那段驚險。

她搓揉著妳的手，說妳病得連符水都喝不下去，該怎麼辦才好……恐懼就像被封印在她記憶裡，不曾離去，妳因此很明白，她是眞的害怕失去妳。連同這次妳告訴她要離家住校，她也是這麼搓揉著妳的手，連續數日，當然她認爲那是妳媽媽的主意。妳不敢說，其實要去住宿的人是妳自己，媽媽根本是無所謂的，只是在家長同意書的回條上簽了名罷了。

妳爲什麼有那麼堅持想離開的念頭？或許是因爲數十年來的左右爲難，實在壓抑，妳想要讓自己出去透透氣了。

熱湯的氤氳遮住了妳看她的視線，她的身影變得好模糊。

妳一度後悔，預想著妳離去後，她獨自一人的身影。

她向來不喜歡妹妹，妹妹也是不親近她的；弟弟還小，即使被她算作是長孫，強迫帶去祭了幾次祖，但回來後總是發燒，也與她相沖似的。阿公在爸爸出獄前就離世了，沒有經濟支柱，家裡多數的開銷都是媽媽在打算，她也只有偶爾替人做工，賺點零用錢。

唯一不變的是，四、五年來她依舊在冬日去買蘿蔔，曬乾、醃製、裝罐……彷彿是種習慣，一種計算歲月的方式。

3

妳成年那年，她又開了一罐超過十年的陶甕。

味道與上一回周歲的陶甕不同，酸腐味在揭開塑膠袋瞬間瀰漫四處，從她失落的眼神裡妳便明白，這罐菜脯做失敗了。灰塵遮住日期。趁著她不注意時妳抹開上頭的灰。果然跟心底料想的一樣——那是妳剛入學那年做的。

對於菜脯製作熟稔的她，怎麼會出錯呢？

記憶漫起那日的畫面，妳在牆後偷偷看著她，她正在將洗好的蘿蔔搬到陽光下曝曬。來回走了幾趟後，終於坐在樹蔭下稍作休息，搧著檳榔扇……

便是那時，妳看見了她正在流淚，淚水如雨下，被風吹乾後又流出。

或許那幾日的曝曬、醃製、裝罐中，她都是這樣的。也難怪菜脯會發酸了。如果人生只能用這些陶甕計算，當知道一個人的淚流時，往往是多年以後。酸腐的蘿蔔封存在陶甕裡，若不打開，便永遠也不知道曾經讓人淚流的原因。

又過了數年，妳再一次吃到十四年的老菜脯。

那是妳高中住校的那年做的，第一次在沒有妳的幫忙下，她獨自去美濃，但她已經到了扛不動蘿蔔的年紀了，只能請村裡人替她順道載回來。這是她事後說給妳聽的。接下來幾年，她還是會做菜脯，不過不再大老遠去美濃了，而是跟村裡的菜車訂。不免被人賺了幾手錢，她與妳抱怨幾回後，買的蘿蔔越來越少，有些年量少得裝不滿一罐陶甕，只是意思意思般，交待了過去。

妳二十九歲那年，她沒有做菜脯，幾經多次的出入院，早已體力衰弱。但她仍掛念著冬日的來臨，嘀咕著，「又愛做菜脯了。」妳聽不出來，她說那句「又要」的口氣，是期待、勉強，還是習慣使然。

妳跟她說，妳抓不準粗鹽的比例，怕做壞了。

她淡然笑過。

那次冬日，眠床下沒有入住新的陶甕，可妳依舊有偷偷蹲下去算。這些年雖然也開了不少菜脯，但唯一不動的還是那罐——屬於妳的女兒紅。

有好多年，她在製作菜脯的時候都會告訴妳，客家女孩子結婚時一定要帶上一甕陳年的菜脯做嫁妝，她也是如此。原因爲何，卻也說不出個所以然來，或許是要把娘家的味道帶過去夫家，落地生根吧。她如此認爲。又強調，妳媽媽是不可能幫妳做菜脯的，那便只有她了。於是很多年來，她都攬著本該是娘家媽媽做的事，替妳做足了，就等出嫁那日。

她終於問起妳的婚事，開玩笑說，「該係你个嫁妝，嫁老公个時節就做得開了。」但她隨即又想起，妳虛歲正逢九，不談喜事。

妳有一絲僥倖。不得不承認，妳是人家口所說的不婚族。婚姻家庭於妳而言有太多坑疤，僅憑一紙婚約是無力抹平的，成爲人妻、人媳、人母也很少出現在妳未來的藍圖裡。或許有天妳仍會有段婚姻，但家的形式必然不再是傳統那樣，與其轟轟烈烈昭告天下，妳更願尋一個知心人平淡度日。

媽媽知道妳無意婚姻後，曾說，「維持現狀也很好，畢竟當人媳婦不好當，處處要看人臉色。好不容易懷胎十月生的孩子，卻成了別人的女兒。」妳知道媽媽說的是妳，也知道私底下常與人戲言，說妳是小姑，而非女兒。

妳度過逢九的年紀時，她已經在床上昏沉度日大半年，有次迷濛醒來看見妳帶了對象來探病。

「阿嬤，您好，我是 Peel。」

那句簡單卻發音不標準的問候，讓她沉默了許久。

回過神後，她顫顫地伸出手來，摸著眼前高大的男人。從金頭髮、眉毛、鼻子、手……幾乎將男人的五官摸了一圈。

妳看見她眼眶泛淚，本以爲她並不滿意妳的對象，正要解釋時，她含淚帶笑，直點著頭，告訴男人要好好照顧「偓个憨孫」，還一連說了許多她記憶中，關於妳的習慣跟愛好。當然也包括妳幼年喝符水的那場驚魂。她叮嚀，千萬要把妳照顧好了。

男人聽不懂客家話，不明所以，愣愣地點著頭。

探病結束後，妳與她話別，她視線望向眠床一角，隔著木板指著下方。妳知道她是在掛念那甕未開的女兒紅。

「愛帶走个時節，記著愛包紙，煮个時節用一息仔就好，知無？」她如此叮嚀妳。妳哭笑不得，猜想她大概以爲妳要嫁去很遠的國度，人生地不熟，又怎麼能不帶上娘家的味道？妳破涕爲笑，與她說自己還沒有結婚的打算。她堅持認爲，女孩子長大了怎麼可以不嫁人，怎麼可以不侍奉公婆、照料兒女……話語中，又不忘諷刺了妳媽媽兩句。還好媽媽不在現場，沒聽見也就罷了。妳沒有打斷她，也沒替媽媽緩頰。

妳知道她終究不會相信，其實妳媽媽在看見 **Peel** 時，也說了類似的話。叮嚀著如果要帶走阿嬤做的陶甕時，要多包一些紙。沒想到，針鋒相對了大半輩子的兩個女人，竟然在同一件事上有了共鳴。

妳於是明白了，有些人，有些事，有些心結，雖然難解，但仍有盡頭。

4

沒想到不婚的妳最後還是結婚了。

有些倉促和意外。除了是爲了趕在她的百日前，更主要的是Peel的依親證明。Peel所在的城市不再安全，那也是妳同意結婚的唯一理由。不是爲了成立一個家庭，或是成爲他人所說的作爲一個女人的完整性，而單純是爲了給自己心愛的人一個避所。沒有宴請，只是在登記後去看了場電影，一如往常約會吃飯，談天說笑。妳希望，未來的日子也能如此平淡就好。

她的手藝徹底失傳。

卽便妳跟在她身後多年，也很難在忙碌的生活裡撥出冬日的時光。但還好，她的眠床底下還有好幾罐未開的陶甕，或許還有機會能仿照過去的模式，做出新的菜脯來。妳如此想。

可就在她做完對年沒幾日，來了個颱風，雨量充沛，各地多處傳出水患災情。

老家是出了名的水鄉。

妳很緊張，回了家鄉，循著記憶裡的味，再度鑽進她的眠床底下，去尋那罐最大的陶甕。

她原本所住的草屋雖然早在數十年前改建過，但也只是用傳統的土角厝法修補了幾處。整體來說，三合院閒置多年，從未修繕，颱風不只帶來了水量，又吹掀大半的瓦，砸壞好幾個陶甕。

甕裡流出的菜脯沾了雨水，全發霉了。

妳很擔心，她曾心心念念的女兒紅也會遭殃。

撥開眼前的蜘蛛網，捏著鼻子，妳爬進了更深處。

被吹掀瓦的半邊屋已經傾頹，大塊土堆覆蓋住了眠床的一側。

妳凝視著那處。

眠床底妳爬過了數回，很清楚被壓毀的角落，就放置著那未開的陶甕。

妳搬開土塊，一一巡視被壓在下方的陶甕。果然無一倖免。許多日期已經模糊，陶甕幾乎都被砸缺了一角，即使未浸入太多水氣，但酸臭的氣味瀰漫而出，彷彿滲進土角厝的牆縫裡，嗆得讓人難以呼吸。

妳繼續深探。

終於挖出了那罐陶甕。

讓人慶幸的是，陶甕沒有毀損，就像是被人保護了，安然置放在它原本的地方。甕蓋上雖然有些殘留的水氣，但甕身是完好無缺的，包覆著它的是滿滿的泥，已經曬乾。想必是因爲甕身夠高，水淹上的高度還沒沒過甕身，才得以倖存。

妳將陶甕抱出，仔細擦拭掉甕身上的泥。

甕身的紋路逐漸清晰，與一般的陶甕不同，多了許多人工的雕花。

妳記得她說過，這是她出嫁的嫁妝，特別請人訂製的。但妳記事以來，陶甕早已在眠床下多年，布滿了灰。

這是妳第一次看見它沒有沾上灰的模樣。

妳急著將甕打開，想檢查裡頭的菜脯是否安然無恙。

擦拭的面積越多，妳越激動，速度越快，握緊甕蓋，想一鼓作氣打開！

甕蓋被吸得很緊，可能是甕身擦得不夠乾淨，還有些灰，阻礙了妳。妳再次擰了新的水，又將甕身擦得更亮。終於要再次施力握緊甕蓋時，妳發現甕身上有個窯燒的字。

囍。

妳恍然想起了與她的約定。

戇㜷，做毋得，就講好愛等你出嫁个時節，該時節啊，阿嬤再過帶你來開。

她的聲音彷彿一直在耳畔，如每一回在蘿蔔田裡喚著妳名那般，由遠而近，如影隨形。

妳遲疑了。

緊握著甕蓋的手，逐漸放鬆。

從此以後，妳再也沒有將它開啟——

花令

1

一上轎就哭，金意以爲哭聲越大便可以阻止轎子的前行，可扭頭不回的外家衆人讓她明白一切都難以挽回。

金意的名字是阿公取的，希望她未來能過上富裕又順心的人生。可這婚，也是阿公主意要她嫁的。阿爸阿姆走得早，養大她的是大哥大嫂，可想而知，大哥大嫂的聲音是沒有阿公大的。

聽說轎子要涉水而過，去到阿公常說的新埤頭。

新埤頭的繁華確實是讓人嚮往的，拓墾而出的河岸一時商賈雲集，成爲通商船埠的停泊之地，常有人說，「要吃好穿好，就去新埤頭」。但那也是大正以前的事，之後河堤築成、河道淤積，沒有船隻通行的新埤頭已經不再繁榮。關於新埤頭諸多傳聞，金意都是聽阿公說來的。阿公也算是一種商人，走訪各地販牛，與新埤頭有許多來往，也或許是要金意去實現她這個名，這才決定將金意嫁去新埤。

可這要用金意的一生去實現啊，誰也無法保證用二八的年華賭上的姻緣，是否眞能順心如意。

雖不算是遠嫁，但金意是百般不願的。

金意的家鄉與新埤頭隔著一條林邊溪，位於南北岸兩端，適逢洪水期，即使僅有一溝之隔的兩地，也是千山萬水般遙遠。在金意的印象中，阿嬤是高恩堂的信徒，又稱作菜堂，建於昭和六年。在她幼年時，曾揹著她涉過那道溪流，來到溪岸的另一端，只為還一次願。新埤頭庄裡多數的人是客人，而金意所住的家鄉是被稱爲「佳冬腳」的客人庄中唯一的閩南庄，因此她對於新埤是不陌生的，對於客人也是，但對於未來的夫婿卻不甚了解。只聽阿公說起這是一個困苦的古意人，年過而立還未娶妻。姑且不去想未來兩人能否相知相惜，光是困苦，還有年過而立，就足夠讓金意卻步。

甚麼樣的人能在繁華的新埤頭村落裡過得困苦？甚至比自己的大哥年長卻未能成家？

她無法想像，自己未來一生得與這個人度過。

轎子終於涉進溪水裡，金意感覺轎伕的動作變得遲緩了，轎身搖晃得讓人暈頭轉向。她想起幼年時與阿嬤涉溪的過往，每當水淹上阿嬤的膝蓋時，在背上的金意總會偷偷伸下腳丫，感受河水流動的沁涼。能過溪的季節不多，尤其是五月，只要芒種時期下雨，五月的梅雨期間，溪水基本上是無法通行的。

眼見東側的傀儡山被大片雲霧包圍，山腰上開始下起午後陣雨，想必不久後滂沱大雨便會洩進林邊溪裡來。在衆人想辦法加快涉溪的速度時，天空打下一道巨大的雷，就落在河岸的不遠處。

他們得趕快過溪，不能猶豫了。

轎伕和伴行的人提起腳，賣力地跨過流水，踩著溪中大石而過，盡可能地將轎子抬得平穩。

眾人慌亂的聲音此起彼落，雨從遠處而來，不多久就落下大滴的雨珠。一滴兩滴、三滴……在轎伕即將踩上河岸邊緣時，豪雨從天倒灌而下，頓時將轎伕淋濕，身體的重量比來時更重，轎伕想踏上岸邊的石階，卻抬不起腳來。腳陷進泥濘，難以抽身。反覆幾回後，眾人決定讓提著餅的轎伕先上河岸，再回頭幫忙拉新娘轎。

餅放在岸上後，眾人接力將新娘轎扛了上去。

但就在轎身落地那刻，遮著轎門的紅簾突然被人揭開，一道倉皇的紅色身影鑽出，在眾人來不及反應的驚呼聲中，縱身一躍，跳回了溪水裡。

才瞬間，溪水便從平緩清澈的細流，變成滾滾黃水。

紅色身影沒入水中，紅袍在激水中載浮載沉著。

眾人吶喊著：新娘分水打走！新娘走去了！

2

金意在劇烈的頭痛中醒來，迷濛的眼下意識環顧了四周。發現不是熟悉的畫面。回憶有些模糊，只記得雨下了下來，溪水大漲，她趁著眾人慌亂渡溪時逃出了轎子，本想沿著來時路走回，卻一滑，滑進了滾滾泥水中。

就在金意回想時，床邊靠近了一個人。莫大的身形正巧擋著門外的光亮，穿著墨色的長袍馬褂，這人她再熟悉不過了。

阿公斥責了金意跳河的事，說她想不開，金意想說沒有，但她知道自己百口莫辯。

醒來後，金意被人重新梳妝，在媒人婆的牽領下到了一處公廳前。公廳裡坐著不少人，表情十分嚴肅，目光齊聚在逐步走近的金意身上。她不自覺地抬頭看了眼，發現裡頭坐著的人都上了年紀，金意一時間辨別不出到底哪一位才是自己的丈夫。

坐在高堂的兩位看起來更年老，想必是族親中的長者，不是新郎的父母。喔，對了，金意突然想起，阿公說過，這「老實人」沒有父母，所以她以後不用遭受家官、家娘的欺負，唯一有血緣關係的是早已出嫁到打鐵庄的姊姊。

公廳裡的眾人在見過金意後開始竊竊私語，說的無非就是金意跳河的事。

阿公不愧是一方商賈，卽使在別人的堂裡，說的話也能讓人敬上三分。金意本以爲，阿公發話，是爲了替她緩解他人的誤會，可未料，阿公竟是要代替她跟夫家致歉。

爲什麼要致歉？這婚姻金意本就不願意，如今被人強押上轎，只不過在溪水暴漲時想回家，不小心落了水。如此而已。

金意不太會說客家話，只是偶爾聽隔壁庄佳冬腳來往的客家人說過，勉強能聽得懂一些。在這孤立無援的公廳裡，她無法替自己辯白，只能低著頭，默默聽著那些貌似還在批評著她的客語。

這時有個聲音，從衆人中緩緩而出，「定著係突然間做大水，嚇著新娘了，扛轎人總離開了，佢當然乜愛走，又毋熟佢兜這位新埤頭个路，才行錯方向。」就這樣，金意確實存在的逃婚念頭，被矯正成了因爲害怕而誤入水中。這只是人之常情的反應。

說這話的人，便是金意日後的丈夫。

她後來都跟人家稱丈夫爲「頭家」，這也是金意正式學的第一句客語。

金意便這樣進了客家庄，成了客家媳婦。閩南的身分其實沒有給她引來多少紛爭，在金意成長的那個年代，閩南客家之間已有不少商業交易和往來。金意的阿公就是很成功的牛販商。再說，出嫁前金意家也常收到鄰村友人餽贈的客家粄仔，所以飲食上與在娘家時並沒有太大的不同。

眞正讓她覺得無法融入生活的，是語言。

金意常聽不懂頭家親戚們說的話。也不知是不是故意的，他們在金意面前總會以流利又細碎的聲音交談。反之，庄裡的有些人家比較好客，好相處，在不經意的客語交談間，會顧及金意，偶爾用她聽得懂的話翻譯給她聽。相比下來，頭家的親戚確實難相處多了。

金意的頭家聽得懂閩南話，但不太說，因此也根本無法充當金意的教導者。金意只能靠著對方的表情，摸索出意涵。但有更多的夜晚，金意與頭家分睡在眠床的兩側時，都是沉默無語的。

不能再這麼下去了。金意不是那種願爲魚肉的人，這親既然沒被那場豪雨沖掉，那她便相信這是上天給她安排的路，而縱使是無法回頭的路，她也要用自己的方式去走！金意開始比過往還要努力工作，努力聽人說話。她算是手腳俐落的人，做工的速度快人兩倍，因此她開始一天接兩份工來做；一來有錢，二來是同行的婦女們爲解工作時的枯燥，總會東家長西家短。金意就趁機又聽又學。

半年多後，金意已經能聽懂大多的客語，對話上雖然還有些笨拙，可表達語意是沒問題的。她終於可以開始與自己的頭家交談、互動。可金意沒想到的是，頭家的沉默寡言，竟不是因爲語言不通無法交談，而是眞的與她無話可說。

某日金意終於受不了了，揚言要回娘家。

但揚言歸揚言，她其實只是躲進草寮裡，替人餵豬去了。可頭家眞以爲金意回娘家了，急匆匆就要渡溪，又不幸遇上一場暴雨。

鄰里告訴她消息時是說，她頭家被溪水沖走了。

3

這次溪水漲高的程度比金意出嫁那日還急，本停泊於河岸邊的竹筏也起不了作用，金意被人用牛車載到溪河邊時，水已經滿過了半個人身高。圍觀的人都說，其實頭家還有其他路可以走的，只是得繞過林邊，花更多的時間而已。

很多人疑惑，金意的頭家爲何突然如此固執不聽勸，非得渡溪。

金意望著大溪流裡的滾滾黃水，不發一語。

「該本來只係細水溝个，都係日本人將水溝挖著該麼大條，年年風颱毋知愛帶走幾多人喔。」眾人的隻字片語提醒了金意一件事——風颱天。

原來有風颱要來了。

帶著自救會而來的保正是頭家的堂哥，金意也是聽慣了他的冷言冷語，但在這當下，她只能跪著求堂哥找更多的人來打撈。

堂哥是來了，但沒有意思要找更多的人來。

他表示，風颱要來了，自救會和村裡都還有更多的事情要做，便扭頭離開。金意抓著他的腿不放，哭嚷著要堂哥救人。她那時還太年輕，不知道頭家原來孤身三十多年過得如此艱辛，也有這些同堂兄弟的大半原因。

「你做得做麼个?」

「偓會做事，偓做事當遽❶。」

堂哥訕笑，表明了金意手腳快工作好，對他來說一點意義也沒有。堂哥確實有想要的東西，他趁機跟金意提起金意現在與頭家所住的，隔壁的一間破草屋。金意聽清堂哥的要求，感到莫名。堂哥說的草厝雖然與他們所住的土角厝是共用一個堂，但草厝荒廢已久，從她嫁過來至今，除了看見頭家偶爾出入裡頭，拿出下田用的農具外，也未曾說過甚麼。

金意認爲，那只是一個置放物品的倉庫。

如今救人要緊，她顧不得那麼多了。

堂哥在獲得她的首肯後，派了人馬坐上竹筏開始打撈。

可當晚，風雨漸大，堂哥便又將那些人散去了。

金意在河岸邊，不禁又哭又吼，「你這隻開花竹仔❷，你恅著❸偓願意嫁分你?偓係分逼

---

❶ 遽：形容速度敏捷。

❷ 開花竹仔：竹子開花後不久便會枯死，代指為短命。

❸ 恅著：lau ˊ do ˊ，以為。

个，俚根本毋想嫁過來。阿公講麼个愛綢愛緞新埤頭、愛錢愛銀下埔頭，俚才毋信。」

隨著時間過去，金意的哭聲逐漸微弱，她發現怨天尤人並沒有甚麼用，於是她雙膝跪地，雙掌撲地，對著依舊不斷落下雨水的天，哀求著。

「佛祖啊，菩薩啊，天公啊，俚拜託你兜，只愛分俚頭家歸來，俚願意一生人食齋，初一十五進廟入寺分你兜磕頭。」

不知是否眞聽見了金意的祈願，雨開始緩解了。

又過了一夜，有人用牛車載著頭家回來了。

那人說，是在河岸出海口，南岸方向的草埔中發現頭家的。應該是做風颱的夜裡被水給沖上了岸。淋了兩天的雨，還有呼吸，只是高燒不退，昏迷著。

爲了感謝神佛讓頭家回來，金意開始固定了每月初一十五都到高恩堂去還願的生活。想著既然要還願，就連同庄頭庄尾的土地公也一併拜了。不過出了門才知道，原來庄裡的婦女都會在初一十五的時候，敬土地公一支清香。跟著大家拜，她也算是入境隨俗了。

頭家依舊沉默寡言，金意告訴自己習慣了也就好了。兩人僅少的互動，是在金意要出門謝神的每一次早晨。

案桌上會放著一疊金紙和一把金香。

金意將金紙和金香放進提籃裡，披著夜幕，又一次出門了。

高恩堂是金意的最後一站。剛點燃清香時，正是破曉時分，她依循著記憶中阿嬤教導過，對著神佛行三拜九叩禮。一般來祭祀的人，是沒有那麼多步驟的，只是很簡單地對神佛默禱兩句，然後插香。但金意不同，她總是堅持著，也常想，當初阿嬤是爲了還甚麼願，才堅持涉溪從隔壁庄來此呢？金意那時太小，沒來得及問。不過她知道，自己將會用一生來還願。

寺廟不大，所祭主神爲何，她也不甚清楚。只是後來聽說，主神改成了釋迦牟尼佛。除神佛外，唯庭中栽著的桂花樹吸引了金意。

「花無亂開，姻緣無錯對。」金意想起阿嬤曾說過的，是用閩南話說給她聽的。

她記得阿嬤也喜歡寺裡的桂花，會摘下來放進竹籃裡帶回家。金意不自覺地走到桂花樹旁，也摘下幾朵花蕊放在竹籃裡，清香味一路跟著她返回，直到她再次穿上做工的衣服。

下一回，金意再來時，她也會如此。

4

金意總算知道跟堂哥的交易有多魔鬼。

堂哥在金意頭家身體康復之初就登門拜訪，還帶來了當日參與打撈的人，當作金意發誓的見證人。根本就沒有讓金意反駁的機會，堂哥與衆人逼迫著頭家簽下契約，說願意無償讓出那間草厝。

衆人大搖大擺離去後，頭家說話了。那是金意第一回聽見頭家說那麼多話，幾乎徹夜未眠。

草厝確實破爛不堪，但有價値的是草厝下的那塊地。

草厝的地是金意頭家早亡父親唯一留下的遺產，爲了守護那份遺產，頭家用了前半生的時間存錢買屋，終於在結婚前湊到錢，買下了金意他們現在所住的土角厝。頭家本想，也把草厝另一邊的地一起買了，但錢不夠。他希望父親留下來的地，能成爲日後重建堂號的宗祠……

金意無從跟任何人承認自己的疏忽，因爲頭家說並不需要她的道歉。眞正的禍首是同堂的那些兄弟，長年欺負他無父無母，沒有依靠，甚至說得上是玩伴的好兄弟也被當保正的堂哥給誣陷入獄，至今仍下落不明。

頭家曾婉拒金意阿公作媒的好意，也知道一個花樣年華的女生嫁給自己是多麼不願，但金意阿公受他父親託孤遺願，希望他能成家立業。而他唯一能跟金意阿公掛保證的就是，不讓金意被人欺負。所以在面對堂哥侵門踏戶的要求時，頭家沒有責怪金意，只是將地讓了出去。

那夜黎明前，金意才有了睡意，她望向枕邊的人，發現頭家已經在喃喃中酣睡。她突然明白，自己這一生必須跟這個人並肩作戰。

本以爲堂哥拿走地之後會就此消停。沒想到，轉頭又截了金意他們灌溉的水源，甚至大家一窩蜂種起西瓜時，堂哥也要來湊一腳。

那時的西瓜種植在河床地上，沒有產權，爲了搶地，金意總會在洪水剛過時，守著河床地。一旦洪水有退潮的跡象，就要趕緊打樁佔地。其實大家都是心知肚明的，知道各自的範圍大概到哪裡。只有堂哥例外。總是會挑夜深人靜的時候，將金意和頭家忙了整天才打好的樁，給拆了。

金意和頭家的厝是位於新埤頭的鏡庄，之所以稱爲「鏡」，也是因爲早期洪水氾濫。氾濫一過，地下水體湧起，在庄裡形成如鏡面般的小湖泊。每次氾濫期過，莊稼盡數全毀，家家戶戶只能靠著配給的米度日。便在這時，堂哥又私自扣下了屬於金意和頭家的數。

金意幾回跑到宗祠上去鬧，大街上與堂哥和同堂兄弟們的妻子大打出手，每每只能狼狽而歸。

幾年下來，金意跟頭家有了一種默契，她持續做兩份工，頭家也把做工賺的錢交給金意保管。只想著，要存到夠多的錢，把地買回來！

沒錯，金意是這麼打算的。

可事與願違，第一個孩子來報到後，打亂了金意的計畫。出嫁的女人要養家生子，金意是知道的，但沒想到養一個孩子竟耗費了她大半的青春。

說到這孩子的出生也是奇蹟。

金意是在做工途中感覺腹痛，還來不及請產婆，就在廊下生出女兒。自己剪掉臍帶後，抓著滑溜的嬰兒清洗一番，便揹著孩子繼續下午的農活。

同樣工作的婦人們見她背上多了個嬰兒，不免驚訝，隨後聚攏上前，開始七嘴八舌告訴她坐月子種種該注意的事。還要她放下手裡農活，回家休養。但金意怎麼肯，時值播稻仔的農忙，她不趁機多賺點，那要何年何月才存得到一筆買地的錢？

頭家聞訊趕來，二話不說就將她抓回屋裡。是高興，但也是氣憤。頭家要她在家坐好月子，又早晚替她煮一大鍋的大風草水，可她總坐不住，看著丈夫動作溫吞，一早上只能做完一份工，就讓她直跳腳。

金意終於忍不住下田，農人們見她依舊手腳俐落，也不再說甚麼。金意就這樣揹著女兒，繼續接下養豬、撿蛋、鋤草、疏果……的工作。

但那日背上的女兒異常安靜，整個上午都沉睡著，直到下午金意察覺不對勁時，孩子的身體已經燒得滾燙。田中的婦人們一言一語，催促著金意趕緊帶女兒去看醫生。金意一開始還不覺得嚴重，但眾人直嚷著說會燒壞腦子，她只好找回還在犁田的頭家，跟人借了牛車，帶女兒到市裡看病。

金意永遠記得那一天，帶女兒回來時經過打鐵庄，她就在入庄前抱著女兒仰面痛哭。頭家牽著牛車，喊她上車，說要把女兒送回家裡。不管如何，人的最後一口氣都應該要歸家才對。但就在金意坐上車時，牛突然受到驚嚇。還沒來得及反應的頭家，被牛甩下了車，車失去控制向前暴衝。頭家無法上車，只能在後頭一直追。車上的金意抱著女兒埋下頭，連眼睛都不敢睜開，只能不斷大喊大叫著。

牛車顛簸許久，才在一處空曠地停了下來。

金意驚魂未定，抬起頭才發現眼前是一片零散的墓，稀稀落落、雜草蔓生。

頭家終於追到她們母女倆，趕緊將兩人扶下牛車。牛似乎有感應似地，鼻子吐出長長沉沉的音，頭反覆點著。

金意很害怕，抱著女兒已經冰冷的身軀，轉頭就要離開牛車的範圍。同時，頭家喊住了她，被勾了魂似地盯著某處墳土。

金意只好跟著看了過去。

就在金意轉頭的瞬間，原本的墳土不再是墳，也未見周圍有任何的墓碑，反倒是出現一座簡易的草棚，裡頭坐著一位氣定神閒的老人，正點著菸，喝著茶。

金意覺得很詭異，不想過去；但頭家已經拉著她前往。

老人一頭白髮，白眉長過臉，面容十分紅潤，讓人猜測不出到底幾歲。但讓金意驚訝的，不是老人到底幾歲，而是老人長得十分像一個她熟識的人。金意思考許久，腦海畫面一閃——這人不是跟阿公很像嗎？但隨卽又否定了這個答案。金意的阿公還健在，雖然已經無法如她出嫁前那樣，往來兩地做生意，但半年前回娘家那趟，確實還看見阿公。

老人收到金意困惑的眼神，但顯然不打算回應。他示意他們坐下，並倒了杯茶，未等金意開口，便指著金意懷裡抱著的孩子表示，這孩子命格太輕，活不過周歲。又問，「安名仔了無？」

金意搖頭。

孩子還太小，金意和頭家並未來得及爲女兒取名。

金意明明甚麼也沒說，但老人開始在一張紅紙上批起孩子的生辰，接著捻起擺放在茶壺旁的一朵小花。金意沒看過那種花，沒有香味，也很難說出是甚麼顏色。

老人將花捻在指頭間，揉碎花瓣，泡進滾燙的茶水中。接著盛出一盞泡了花瓣的新茶，指示著要讓孩子喝下。面對已經沒有氣息的孩子，金意不願再讓孩子受罪，拒絕老人的茶；但老人說，他是來幫助他們的。

金意遲疑片刻，想著或許試試也好，便將茶湯送入孩子的嘴裡。

孩子早已無法喝進任何的湯水，但倒在嘴邊的茶湯卻奇蹟地吸了進去。

5

金意相信那夜出現的老人是神佛降臨。

爲了還願，她不只茹素拜佛，甚至清出家中僅有的空間，請人來安了神座。日夜抱著被神佛救回孩子，跪在青燈古佛前，直到孩子眞正清醒過來。

時值初冬，又一次的初一，金意在高恩堂裡看見了那年最後一季盛開的桂花。已經有大半的殘花被半個月前的大雨給打爛了，泡在地上的泥水裡，成了下一個花令到來前的養分。

看著滿地落花，金意突然想起那夜老人說的，如果要孩子平安長大，那名字就不能取得太好。

碎花。老人如是說，指頭將花碎成了更多小瓣。

抱著死而復生的孩子歸家後，金意本不願將孩子取爲碎花，這似乎意喻著孩子的未來將如碎花般過得風雨飄搖。

她又想起出嫁前，阿公告訴她，幼年時她曾高燒病危，經一高人指點，說她命格太硬一生浮沉，難以持家。沒有甚麼命不命的，一切都註定好了。阿公反駁了高人對金意批下的命書，替她取名金意，並要她從此順心如意。可出嫁後，金意發現除了還願謝神佛，她有太多無力改變的事。

就當作是天註定吧，金意猶豫幾天後，終於妥協了。

爲慶祝女兒周歲，頭家蒸了紅粄。看著動作緩慢而遲鈍的頭家，獨自在灶前忙上忙下，金意不再抱怨，主動捲起袖子一起將剛碾好的米扛了起來。

米漿放進布袋裡，壓在石臼下。

那是金意第一次與頭家一起做粄仔。

金意雖然住在客庄附近，但家裡過的終究是河洛人的日子，客庄有甚麼節慶，要做甚麼粄，她一概不知。起初幾年，鄰里的婦女都羨慕她沒有婆婆，不用按時做粄，只要忙農地裡的活就好。祭祖的事幾乎都是頭家負責張羅，除夕拜奉公王時也是頭家守夜……

金意看著眼前人。汗水淋漓，沒有絲毫怨言。她想著畢竟還是得攜手走上一生的人，而一生那麼長，沒有堅定的信念要怎麼度過？於是金意開始在每月初一十五禮佛時，跟神佛祈求頭家的身體康健。與當初還願的心態不同，她祈願的也不再是自己，而是這個陪伴自己一生的人，能順心如意。

日子繼續被時間推著前進，很快地女兒學會了走路，金意生下老二沒半年，阿公離世了。因爲正逢雨季大潮，她無法渡河，只能從竹林村繞過林邊，前往娘家祭弔。

阿公的遺像正式掛在堂內。金意再一次仔細環顧這幼年成長的家，發現自己從未注意過堂內那一排嚴肅的像。她恍然想起，當年出現在夜裡的老人就是她年幼時出現的那位「高人」。金意該稱呼他一聲「太祖」。而太祖的畫像，就供奉在祖厝的神明廳中，與神佛同享後代香火。

要怎麼做才能夠順心如意呢？與阿嬤一同涉水時，金意曾問。

「妳記得，花無亂開，姻緣無錯著，佛祖攏替妳打算好矣。」

或許女人該如阿嬤說的那樣，花無亂開，姻緣無錯對，一切都是安排好的。她恍然懂了，阿嬤那時帶她涉水還願，或許也是將自己無法決定的人生，交給了命運。

6

又一個季節的花令已過，金意生下第三個兒子。至此，她作爲客家媳婦已有七年之久，熟悉了各個時節的祭祀，也能夠很熟練製作各類的粄仔。

在鄉里間，金意的慶腳最爲出名。

與年少時一樣不容他人欺負，其中有件最被人拿來說嘴的事。南洋征軍的時候，當初欺負過他們的堂哥的兒子，當了日籍台灣兵而未歸。緊接著政權轉換，堂哥被當成間諜祕密處決。同族的人是祕密發喪的，在靈堂上，金意拿出當年交易的地權，威脅在場的同堂兄弟們，要大家歸還頭家父親的地權。

大家擔心辦喪的事情外露，只能還她地契。

就這樣，金意沒有花到分毫，意外拿回了土地。但金意拿回地後，被人說得很難聽，也被人斷絕了與本家的往來。金意絲毫不在乎，滿心期待要在那地上，蓋一間新屋，不用再一大家子五六口人跟滿牆的神佛，擠在侷促的空間裡。

事與願違。又過了幾年，國民黨政府要人拿四萬換一塊，十多年來所存的錢一夕間化爲烏有，換來的幾張新台幣不知道價值如何，建屋的時程只好延後。緊接著，女兒出嫁用錢，兒子上學用錢……眞正等到動土挖地那天，已經是民國六十多年了。

兒女都各自成家後多年，金意和頭家也攜手過了甲子。

日子依舊，每日醒來，金意都能看見案桌上的金香和金紙。

頭家還是那樣，做人沉默，在路邊與人爭執吵架的還是金意。早年與她針鋒相對的那些同堂妯娌，老去的老去了，還在的，幾乎都被子女送到了養老院。屬於金意和頭家的堂在不久後也蓋好了，掛上「穎川堂」的匾額，頭家回了宗祠一趟，抄來了十七世祖至今的先祖名。到此，總算是能擺脫同堂兄弟們的閒言碎語了。

頭家第一次領著金意和兒孫們，在落成的廳裡祭祀。

終於感覺日子不再匆忙時，金意才恍然發現自己已經年老，大她十多歲的頭家更是步履蹣跚，無法下田工作。好些年，金意只能獨自從案桌下拿出金香和金紙，做著數十年如一日的禮佛祭祀。

那日，她又去了高恩堂，已改名作高恩寺，在不久前改建了新殿。神佛為何她仍舊不識，只是又看見了再次時逢花令的桂花樹。❶

---

❶ 屏東新埤鄉建功村高恩堂，昭和六年竣工，並於民國五十八年改名為高恩寺。

她想，如果人生註定走這一遭，那應該要無怨無悔，如花令般，度過屬於自己的花期。即便如她有金意的美名汲汲營營生活，或如女兒以碎花之名了草度日，花令時節都不曾遲來，也會如約而去。

領到了村辦公室給的金婚紀念戒指後，頭家離世。她替頭家換了身乾淨的西裝，看起來十分體面，又用手替頭家梳理白髮，撫摸面龐。金意明白，此後，那與她並肩在側的人將不在，但曾攜手共度的決心，會繼續隨著歲月花開花落，直到她也離開了人世。

金意身為未亡人，按著習俗不能送終，只能聽著鳴鼓喧天遠去，獨自在偌大的稻埕上遙目而送。

這一世人的緣分，算是盡了。

敬字人

1

稻埕上有一群小孩正拿著乾毛筆，穿梭在大紅紙間，嘻笑玩耍。

「先生，偃點好了。」

「偃也係。」

孩子們舉起手，對著草屋內的人頻頻邀功。

竹簾後擺著一張大型木桌，原木的稜角還很明顯，桌上崎嶇不平的面用蠟填滿，鋪上大紅紙，就是少生放置一生功名信仰的地方。庄裡的人都知道，他是清末廩生。十六歲時參加童試未有所成，隔年砥礪進學，終於榜上有名。少生並未因此滿足，一八八九年、一八九四年又參加了鄉試，可惜未第。在少生還未走出落榜的低潮時，山河易主，日本引進新式教育，他所投注半生的所學只能付諸東流。從此，他便以廩生之名，在鏡庄的竹林後開了間私塾，繼續傳揚漢學。

這是鏡庄每年送舊年那日，都會出現的場景。

少生在大木桌上揮灑文墨，小童們滿心期待等著少生的墨寶，從桌邊排到竹林口。拿到春聯的小童會將未乾的大紅紙拿到日光下去曬乾，有些性子比較急的人，會拿乾毛筆，以筆尖點墨，吸取紙上多餘的水氣。草屋旁有塊廢棄的稻埕，掃除雜草，就成為小童們課間的玩耍之地。

已經持續十多年，庄裡的春聯都是出自少生之手。鏡庄務農，又多是客家人，格外重視子弟們的學識，多數庄裡的孩子都入過少生的私塾，唸過四書五經。

本以爲鏡庄小又偏遠，天高皇帝遠也管不到，少生可以循著過往求取功名的模式，對於未來抱持些許希望。

但他錯了。

大正五年，茄苳腳公學校新埤頭分校正式落成，眼下這些孩子都能就近上學，不用再車馬奔波到石光見了。欣慰欣慰。要說少生畢生有甚麼所願，大概就是作育英才這類的事。聖賢書告訴他的，除了功名，就是忠孝倫理。學生大都被強迫上了公學校，是好事，但少生也不免有些擔憂。那些異國文墨，眞的能把孩子教得尊師重道、忠孝兩全嗎？少生知道，有許多河洛人和番人聚集的地方已經沒有私塾了，還好自己身在客庄。

少生曾有一度因爲新埤頭分校的成立，想放棄私塾的經營。

但就在隔年，大正六年，屏東首創詩社在尤養齋社長的努力下成立了，名爲「礪社」，確有砥礪心志的用意。少生也去了那場盛會，盛大不是重點，重點在於讓他們的滿腔抱負有了安處之所。

少生又對漢學教育有了新的希望。

說到漢學教育，少生是比其他閩庄、番人部落多了一點幸運。客人向來惜墨，庄裡設有敬聖亭，或稱敬字亭，奉於稻田的田埂上。敬，顧名思義就是對於文墨的尊崇，與茄苳腳的褒忠門互爲文武，一在勉勵內心，二在抵禦外族。

每逢初一、十五少生便會請人挑著大竹簍筐，大街小巷收集字紙。留下部分可用文墨，將其餘字紙送到敬字亭焚化。替他挑簍的是十五年前收的得意門生文德，字秀華。不論名還是字，都是少生替他取的。

少生將簍裡的字紙點燃火星，放進爐口裡。火舌很快圍住字紙，瞬間紅光四射，照亮爐壁，只有在此刻，他能看見爐壁爬滿黑墨，火光更亮時，他甚至會看見爐壁上的字。對，他很確定，爐壁是有字的。可來這敬字亭燒字紙的人也不只他，卻沒有人看過那些字。少生一直對那串字很感興趣，但一般來說，爐口窄小，即使用蠟燭點光，頭也探不進去。他曾用手去觸摸，也未感覺到任何刻字的痕跡。

很快地，火光暗去，只留下字紙的灰燼，爐口黯淡，爐內漆黑，他又錯過了細看爐壁上字的好時機了。不是每次燃紙就能看見，必須燃燒一定的紙量，而庄裡懂文墨的人不多，十天半個月從各家蒐集來的字紙，也不過半簍。

少生想，有一天，他一定要找出答案。

2

第一次遇到文德，還是一個年幼的孩子。少生一看就知道他並非鏡庄的人，甚至可能也不是河洛人。孩子開口，就證實了少生的懷疑。

「先生，做得幫偓讀信無？」說的雖是客語，但仍有番人的語韻。

鏡庄裡的人不喜與番人交往，常一口番仔番仔或假黎假黎地叫。日本人來了之後，在不少番界設番童教育所，客庄、閩庄裡也還是有不少人跨越番界，交易販賣，甚至通婚。界限都是人訂下的，而打破界限的也是人。在鏡庄裡，還是偶爾會有水源地盤的爭奪，雖說彼此的關係還不到拔刀相向，可不給好眼色是必然的。

少生看著眼前的孩子，本想拒絕，但轉念又想，讀個信，應該不爲過吧。

少生接過孩子的信，是來自於孩子父親的絕筆。粗略讀過，他發現孩子父親亦是位客人，甚至也與他一樣考過科舉。唯一一次離鄉應試，便是少生最後落榜那年。孩子父親囑咐，若此行未歸，要孩子循自己的路，並去鏡庄找那名先生學習漢學。鏡庄只有一名先生，少生知道說的就是自己。

繼承漢學？少生不禁看了看眼前的孩子，一個從未開蒙的番人，要他學四書五經之學，是否強人所難？可這封信不只是來自於一個父的遺言，對少生來說，更是同族人的託孤之言。

少生憶起，祖輩曾說過，當年十七世祖在潁川有七兄弟，未成家的三兄弟渡海來臺，落地生根。分別娶了河洛人、山番、平地番後又各自分家而出，子孫多以客庄族群自居。少生父親一脈只剩他一人男丁，父兄皆戰死於日本甫來台時那場六堆保衛戰中，成爲茄苳腳下的一縷忠義之魂。在那之前，少生爲了功名耽誤婚事，直到戰事結束，他亦錯過了成家之機。不過少生是不耽戀兒女情長的，於他而言，復興漢學傳統是畢生使命。但有時看著神祖牌時，又懷疑起，肩上所揹負的傳統，是十七世祖來台後的兩百年客庄傳統，還是聖賢書裡五千年的中華傳統？

幸而日本人剛接管臺灣之初，還算禮遇他們這些讀書人，亟欲拉攏。少生不願認降，避世了幾年後，在庄裡設了私塾。他不願換上新式衣，依舊穿著傳統的長袍馬褂，在竹林後的小草屋裡朗誦著聖賢書。

少生遲疑不決，只能先勉強安置孩子，去找庄長。

庄長與少生有同袍之誼，亦學過文墨，只是庄長比起少生來說，更喜於與人交流，因而被推舉爲庄長，處理庄務。庄長的意思是要少生收留孩子，並收入師門。少生差點脫口而出，說那孩子是番仔，根本不識字。少生婉轉拒絕。庄長懂他的顧慮，說願意讓那孩子入自家戶口，也特別說起自己的族弟不久前去了番庄，現爲番庄教育所的啟蒙師。

庄長如此一言，讓少生無比慚愧。

他這個自詡爲清末廩生的遺族，一個片假名也不識，又有何顏面說人家是未開化的番族？有教無類的聖賢之言，他眞的完全沒有領悟到。

少生收下了孩子，並替他取名，文德。

說實在的，文德很有慧根，半年內就已把千字文練得滾瓜爛熟，筆鋒有勁，擅寫碑體。少生想，只是入私塾，便能讓番人也有如此學習成果，假以時日，擴大私塾，甚至詩社，恢復漢學傳統還是有望的。彼時的少生還沉浸在中華文化斷絕的困頓中，以爲在文德身上看見希望，便能勇往直前，不會想多年後的漢學將一再被割裂，直至形成新的氣象。

礪社成立後，少生待在私塾的時間少了，也是因爲學生都上了公學校，回家時天色已暗，還有精力願意再來私塾的人不多。他不免擔心，之後來的人只會越來越少。

每每少生從詩社回庄後，都能看見文德在桌前點著燈等他回家。稚幼的身軀趴在桌上小憩，手裡還不肯放下毛筆，墨水在紙上染成一片，跟孩子的口水和在了一起。每見一次，少生就笑一次，深覺這孩子可愛。

文德成年後，少生開始帶上文德出席詩社擊缽會，將其視爲自己教育的範本，不免也還存有「連番人都能被教化，我們這些讀聖賢書長大的人，又豈能妄自菲薄」的心態。終究，他收文德入門還是私心大於傳道授業的。

庄裡的人有敬拜土地公的習慣，每逢初一十五，婦人們總會提著香籃到庄頭庄尾的伯公奉上一炷香。鏡庄雖名爲客庄，但也有不少河洛人的文化，如五營神將。但對少生這個儒生而言，三山國王、伯公、五營，都不是他的信仰，他唯信倉頡聖人。敬字亭也就成爲少生唯一能跟倉頡聖人「溝通」的管道。他沒有人家說的靈異體質，也不會被神降身，只是在每回字紙燃燒時，能找回一絲作爲儒者的本心和堅持。

少生問過文德，小時候信過甚麼神？他以爲番人都是信巫的，但卻不然，文德說自己不信神。少生以爲文德是因爲父族的關係，不信番人的神。但文德說，他唯一相信的是養育他的人、土地，人是少生，土地是腳下的地。不得不承認，少生聽到文德說信的人是他，有些竊喜；但隨後又很疑惑，少生以爲文德會說土地是假黎山❶。

庄裡的人都認識文德，看著文德越長越俊俏，又是少生門徒，總會有些人家想把女兒嫁過來。可少生說自己不能做主。這話不是爲了推拖，事實是，少生雖養育文德，但戶口上文德是寫入庄長家的。庄長說他處理政務，這樣方便。少生沒太多意見，畢竟當初收養文德時，也多是看在文德父族是客人，同族之人，就別太計較了。

誰想到，文德竟然如此有才華，但也是因爲才華，兩人鬧出許多不愉快。

❶「假黎」乃根據河洛話「傀儡」發音衍生而來，一般使用在南四縣，即六堆地區、屏東一帶。「假黎山」則是舊時客庄對於原住民部落生活之範圍的蔑稱，為今屏東大武山系。

入門第十七年，文德已經能在詩會上侃侃而談，起初少生是很得意的，也就是抱持著教化番人的心態。可逐漸地，他發現文德的思想理念與自己背道而馳，頻繁與那些打著新式觀念旗幟的後進之學交往，舉凡甚麼男女平等、戀愛自由都能輕易宣之於口，甚至打擊舊式書房教育。替少生揹竹簍收集字紙是文德多年來的習慣，但少生這些日子發現，文德到了敬字亭後卻不靠近。

「倉頡聖人正經會庇佑俚兜？」文德曾看著火光問少生。

「讀書人就愛曉得敬字，拜亭。」

「讀書人……」文德總看著焚化的字紙喃喃，「應該愛做更多个事情。」

少生那時以爲文德只是被詩社中的後學們影響，拋去了聖賢的眞義，不與他計較，可文德卻常用這句話回覆他。

孩子大了，越來越管不住了。少生與庄長埋怨過，更說到這幾年的佼佼者還倡導起了男女共學。這實在讓少生無法理解。他過去的門生中，雖然也有少數女孩，但那通常都是特例。可偏偏文德與一些志同道合的人，開了幾場詩會，竟然讓許多未出嫁的女子也列席在側。太荒唐了，太荒唐了！少生越說越氣憤。而最讓他掛不住面子的是，文德竟然傳出與其中一女有私。

「風月之事，後生自有主意，俚兜就毋使來去操煩了。」庄長說得雲淡風輕，眞是把少生氣到不行。叛徒！文德好歹也是吃私塾文墨長大的。早知當初就不該收留。少生越想越不甘心。

幾年下來，少生和文德都處於僵局，對於彼此的芥蒂，誰也不願意放下。

文德既知少生多年來的養育之恩，但也明白少生難免用歧視的目光看自己的出身。卽使父親被少生認同是同族之人，但他母族的身分，還有烙在他身上的五官瞳孔，都讓人無法忽視。

少生也很難釋懷。對他來說，文德除了是門生外，更像是自己的孩子。少生曾與庄長說，自己此生功名無望，又無子緣，不惑之年能迎來一個兒子，也是幸事。說這話時，少生確實是眞心的。他多次說服自己對於文德母族的偏見，庄長提醒他的有教無類之理，也讓他日日自省。

如果文德與那少女能修成正果，也是天註定吧。琢磨許久後，少生打算退一步了。可就在事情卽將了結時，礪社社長尤先生的死訊傳來，再度擊毀了少生的信念。

說來少生與尤先生還是同年人，有著相似的求功名之路，視漢學的復興爲己任。少生記得，礪社創立之宗旨，就是爲培養漢學精神，並以教授古典詩爲主，附有私塾和學堂，在新式教育的體制中，努力維持。

尤先生的病況少有人知，少生也是在某次詩社課題上觀察出來的。那時候的尤先生體力明顯下降，詩社大局放給了後進的幾位門生，那些人便是與文德交往密切的人。少生跟尤先生到了後堂飲茶，閒話家常間尤先生面露疲態，也偶爾有遺憾之言。

「聽說客家人有敬字亭？」他問少生。

少生跟尤先生解釋了客家的敬字亭由來，甚至還漫天說到他在敬字亭中看見的字，尤先生竟然沒有說他怪力亂神，反而聽得很仔細，眉眼間有些羨慕。

「想必那當中一定是許多先賢烈士的遺言吧。」

「怎麼可能。」少生隨即否認了尤先生的猜想。尤先生笑而不語，從案下拿出了一本手稿。即使塗塗改改，少生仍認得那就是尤先生的字跡。尤先生說那是他在不惑之年寫下的，有些感嘆，覺得此身功業無成，人生的未來有太多不安跟未知，政局變動下，即使身爲儒學領航，仍有愧於心。

少生安慰他，當局既願留給漢學一個發表的園地，也允許詩社私塾的進行，那復興漢學就有希望。

「後生可畏。」尤先生如此說，笑容很複雜。

少生或許能明白這句話。對於文德的教養有成，他備感欣慰，可文德對於漢學的理念與自己背道而馳，又讓人憤恨遺憾。文德說，他遵從的不是漢學，是文學。文學需要反映社會，歷來聖賢皆是如此，而如今能成爲文學載體的是白話文，不是那些拗口的詩文。

少生第一次聽見文德此種見解時，很震驚，他以爲那是文德血液中來自於母族的叛逆使然，可如今看來，似乎不是。文德從不抗拒自己被叫作番人，更努力用話語的力量，與許多河洛人、客人、平埔番交流。不。少生發現，他們說道論理時，從不區別族群。

他小看文德了。

在文德的時代裡，志同道合的人從不取決於來自於哪裡。後生可畏。少生逐漸感到尤先生這句話的重量。不僅有對後學的佩服，還有來自於他們這些自詡是清末廩生之人的挫敗。

少生想起，在礪社最鼎盛時期，尤先生擔任了幾回詞宗。那時的課題有許多秋的主題，頗爲感懷。自古傷春悲秋乃是文人創作大宗，但他從未有過如此強烈的感觸。

少生也寫了輓詩，悼念尤先生的逝世。

尤先生被稱爲「少微星」，是屏東漢學士大夫之首的殞落。

那夜，少生寫了許多幅字聯和輓詩，趕在清晨前又將那些字紙拿到敬字亭焚化。他想，光寫是不夠的，光發表在官方認可的雜誌上也是不夠的。既然尤先生曾羨慕客人的敬字亭傳統，亭中便如尤先生所說，眞有先賢烈士，那他便相信，焚化於天地的字紙，一定能傳達給尤先生。

雖然只有一夜，但少生眞的也寫了不少。累積半簍多的字紙，一次點燃，火光四射，又再度照亮爐內，爐壁上的字再度顯現。

少生探頭去看，恍然想到尤先生在不惑之年寫下的那整冊的感懷。

如今故人不在，不知文墨是否會留下？他也未去詢問尤先生的後人，或許多年後的某天，會以遺稿的形式問世人間，但他想那時候的自己，想必不在了。少生有些懊悔，尤先生那時提起這話題時，他怎麼不厚著臉皮要來看一眼呢？

這麼想時，少生發現爐壁上的字忽而清晰、忽而模糊。

曾幾何時，故人半歸淹沒……

火光散得太快，少生發現得再燒點甚麼，才能看清楚。他跑回草屋，將桌上練字的字紙全收進竹簍裡，一口氣塞進爐口，再次點火。起初字紙悶燒，起了濃煙，空氣中又籠罩著薄霧，一度伸手不見五指。片刻後，晨曦的光亮漸起，散去了濃霧，爐內的火光因爲燒完了字紙而變得黯淡，在幾乎要被灰燼佔據時，少生又看見了爐壁上的字。

很清楚。他認得那是尤先生的字——

惜夫大邑通都，萬傑千俊，其負屈於小知短馭，埋沒於荒煙蔓草間者，指不勝屈，尤不勝浩歎也。

陽光徹底灑落，少生再也看不見爐壁上有任何的字。

走回程時，他不斷默唸著方才所見的字句，眼角泛出淚光，腳步越來越慢。他知道比起自己守著小庄裡的私塾，教養了一個番人，尤先生做得更多，可即使是這樣的領航者，終究也要窮途末路。

從那夜過後，少生再也沒有文德的消息了。聽說他有去參加幾個全島的大型聯吟會，足跡過了嘉義，又去過總督府，最後知道文德的落腳地，是在北門。

走狗！

3

屏東詩社在昭和年間蓬勃發展，新立了許多詩社，如今只要能對詩的人，都說自己是文人了。少生嗤之以鼻。自從尤先生逝世後，那些打著新式文學旗幟的人就更肆無忌憚了。礪社淪爲實驗的場所，他們這些堅持私塾和書房教育的前輩，倒被說成是守舊派了。

少生與一些堅持尤先生理念的人另組他社，打算過著遠離是非的日子。

他時常會想起文德，尤其是文德說的那句，「讀書人應該愛做更多个事情。」他回首自己一生，前半生爲了功名而讀的聖賢書，後半生爲了生活而寫的文墨，收養文德是因同族情誼，加入詩社是爲復興漢學文化。這些事，夠了嗎？是屬於讀書人該做的事情嗎？好幾個夜裡，他都如此反問著。

文德會告訴他嗎？不，文德是漢學叛徒，怎麼可能明白。

少生逐漸感到無力，詩社型態有了改變，成爲政治應酬場所，更一窩蜂搭上花魁的票選。如果讓文德知道，他所堅持的漢學是這種風月又唱和的場所，豈不被笑死？

少生最後一次參加的詩會是屏東聯吟會，他記得那年的課題是「淡溪垂釣」。眾人擊缽作詩，他記錄了幾首，發現與古籍中的「淡溪秋月」所述之景，沒有太大的改變。下淡水溪依舊是遼闊而靜謐的，成爲文墨中的一景，可上頭走過的鐵橋，爲屏東平原帶來的改變，人的改變，族群的改變，文人詩賦卻少有記載。淡溪的垂釣和秋月，爲何會與漢唐的詩賦之景重疊呼應？明明就沒去過，也沒看過。

文德說過，他不信神，只信人與地。

少生決定離開詩社了，晚年他打算就在庄裡的小私塾裡度過，雖然私塾在幾年前已經名存實亡；但他還可以寫，過年過節時，庄裡還有很多人仰慕他的文墨，與他討要一幅喜慶的春聯。

如果找不到文德說的答案，或許在草屋中度過餘生，也是種選擇。

除了下淡水溪附近的詩社外，近來年最強勢的詩社莫過於東港和林邊了。離開屏東詩會後，也有人來邀請少生參加興亞吟社。那是昭和十五年的事。

少生記得，古籍裡會說東港瘴癘侵人，少有聚落。日本時期，東港溪、林邊溪、後寮溪齊力發威，形成了大片潟湖，甚至成爲日本人的停機坪。港灣開闊，取代了下淡水溪以北的貨運商口，打狗人來人往，也因此熱鬧起來。興亞吟社的成立確實注入了新的活力，如不久前的課題「暴風蕉」，寫了許多林邊風雨過後蕉園的慘況，不再只是春來秋去的感懷。

可少生也眞的老了，沒力氣奔波這一趟路，也就回絕了。

大多的時間，他會找庄長下盤棋，偶爾抱怨從來不給音訊的文德。

那幾年，庄裡出了許多新丁，都叫他「先生」。稚子喜歡拉著他的長袍馬褂，對他案上的文房四寶很感興趣，總拿來當玩具。少生不堪其擾，又不想與稚子生氣，只能看一次收一次。後來因爲不去詩社許久，賦詩機會少，平日裡也沒甚麼替人寫信讀信的機會，便索性把筆墨和歷來的掛軸、紙聯都鎖進櫃子裡。

玉音放送時，少生也正與庄長下棋。

庄長早已經卸下職務，但庄裡人把他當成地下庄長，庄務都會來詢問他。雖說日本投降，但島上仍有許多日本兵駐紮，一時片刻是不可能全員撤退的，還有些是攜家帶眷的，既有臺灣人血統，又有日本人血統。這可不好辦，要留要走，都得做決定。

與庄長下完棋後，少生回到自己的草屋。

草屋在幾年前進行了改建。隔壁荒廢的稻埕被人買了去，改成雄偉的三合院。奇妙的是，新人家帶來的神主牌跟少生屋裡的很像，他定睛看過，十七世祖竟是同一人，算是少生的同堂人。

他又將收起的文房四寶放回了案上，攤開紙，他想，這一天是值得寫些甚麼的。十七世祖的三兄弟後代，竟在百年後有緣比鄰而居，不值得慶賀嗎。少生打算把自己作爲清末廩生的事寫下來。

聽說不久後，會有新的政府來接收臺灣。臺灣不再是日本人的臺灣，可之後，會成爲什麼人的臺灣呢？少生不敢猜想。

詩社的活動徹底式微了，少生又想起文德。不知道文德後來加入了哪些詩社，還在說那些堂而皇之、不切實際的大道理嗎？但這麼想時，少生又不免覺得自己搖旗吶喊了一生的復興漢學，在日本人眼中，不也是可笑的？幸好，日本人現在要走了，或許漢學有望？少生又燃起了一絲期待。

日軍離開後兩年，庄長特地來草屋找少生。過去都是少生去庄長家，然後下輸好幾盤棋，敗興而歸。想不到庄長今日竟然不請自來。少生沒少譏諷庄長兩句，這兩年來，他又寫了不少詩。不過就是追憶中華漢學，說自身淒苦，有時在詩裡頭點罵文德兩句。沒去詩社後，便只能把那些詩給庄長看。庄長雖未考過舉，但好歹也是私塾出來的人，點評幾句，少生還是能接受的。

但庄長這回來，臉色不甚好看。

少生開了棋局，打算趁虛而入，這可是他贏得庄長的好機會。庄長捏著「車」不放，眉眼深鎖，沉默許久。

終於再開口時，庄長嘆口氣，將棋子放了下來。

「有件事情偓試著該當愛分你知。」

「有麼个事情比日本人撤兵要緊？」

「文德死了，在北門。」

少生一度耳鳴，腦中嗡嗡作響，甚至有片刻天昏地暗。他凝視著庄長，庄長不是跟他開玩笑的。

「逆子……」少生咬牙低罵，氣憤文德竟然連死了都要別人來說，他這個作養父的，甚麼也不知道。而少生當然也不會知道，文德是死於北門鐵路前的一場無差別屠殺。

少生還沒緩過來，咬牙切齒，低語哀鳴。

庄長又提起文德雖然入少生門下，少生也是他實際上的養父，可對外而言，名義上的養父之人是庄長。庄長不斷囑咐少生，之後不論是誰來問，他都得這麼回答。

少生不太明白庄長的意思，問起了文德是怎麼死的。

庄長卻問他，「少生啊，你讀過恁多書，偓兜祖輩渡海來台，有講過麼个係家園無？」少生答不上來。何以爲家？是不是就是文德說的，他只信人和土地？

站在祖牌前供奉一炷清香，「十七世祖」斗大的字樣立於中央，左右兩側是叔伯，也就是當初一起來臺的三兄弟。如今各家子孫散落各處，又落地生根。唯一能證明曾爲一家兄弟的只剩這面祖牌。隔壁剛搬來的小夥便是從日本回來的，妻子跟兩個兒子信的都是日本神，若不是少生在他們新居落成時去吃了那趟酒席，也不會發現原來他們與自己也曾經是同堂。而如今，別管說三兄弟的子孫歸於何處了，他自己，一兒半女也未留下。文德已死，子嗣之事就是泡影了，連個指望也沒有。

少生正猶豫著，要不要讓文德的名寫上祖譜，畢竟文德父親是有託孤遺言的。

直到文德尾七前，少生每日每夜都寫上數十首詩，有人說他怎麼還有心情附庸風雅，可他人不知，除了寫詩，少生早就沒有其他方法表達悲憤。他不會對天吶喊，也不會暗夜哭泣，不會舞刀弄槍，更不懂藉酒消愁。

除了寫，他別無選擇。

文德尾七時，少生將那些字紙送到敬字亭裡燒。雖然文德不信客人的神，也不信倉頡聖人，但他想，畢竟文德也是學過聖賢書的。他祈求倉頡聖人能將自己的思念，送給那不肖孽子，再祈求倉頡聖人原諒文德的無知和不敬……

或許是一次塞進太多的紙，火光漫天。

這次不是在黎明，而是露水凝重的深夜。

爐壁上，似乎又有字了。

此心安處，便是吾鄉。

少生喟然。果然是他的門生，有好好讀聖賢書啊。他轉念想到自己，故人已去許多，悼念詩這些年也寫了不少，可他終究沒有讀通道理。新政府開始運作了，新時代要來了，少生想，是不是還能最後一搏。

未料，文德尾七後沒兩日，庄長被幾個穿著軍服的人帶走了。

那日，少生正與庄長下著棋，眼看要將軍了，門口來了三個人，問庄長是不是文德養父。未等少生答話，庄長便搶先。三名軍人窸窣對語，神色閃爍，問少生來歷。庄長替少生說，他是清末廩生，庄裡耆老，日本鬼子在的時候，爲了維持私塾運作，窮困度日，最後連子嗣也沒有。

庄長不算是說謊，可少生覺得事情的因果不太對。

軍人看少生的目光不太一樣了，緊接著說有一些庄務要處理和交接，得請庄長去喝茶。

庄長早已卸任許久，不是嗎?少生上前要解釋，庄長將他攔了下來，並指著棋盤說，要少生先想好棋路，不然就要被將軍了。

「等侄歸來。」

庄長被帶上車了。

那些人有些粗魯，待少生反應過來，車子已經走遠。

他再也沒有等到庄長回來。

新世代沒有來，而是屬於少生的時代結束了。

後來庄裡總有人說，草屋的「先生」瘋了，那天夜裡便有許多人都聽見了他的仰天怒喊，嘴裡唸了整夜的四書五經，接著草屋著火，終其一生所作詩詞全焚於天地，再也沒有留下。

也有人說，他也被帶走了。

師傅

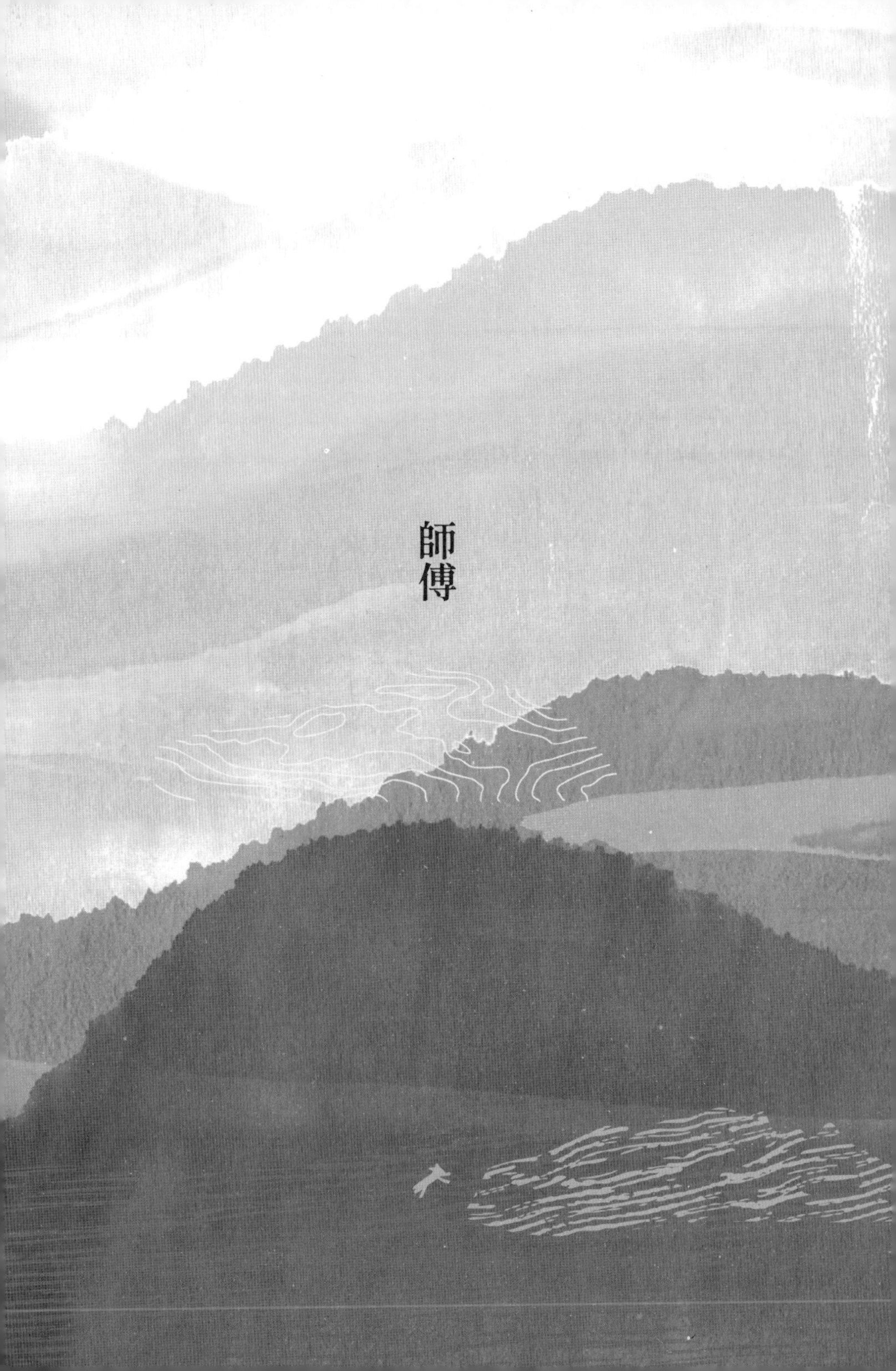

1

劉師傅在庄裡小有名氣，除了來自於他的手藝，也多半與他的學徒有關。還沒有成衣時，劉師傅的店裡日夜都充斥著針車聲，門口擠滿少男少女；大抵都是來自附近村庄的待婚兒女。男孩子不多，通常是被家人送來學手藝的；女孩子是爲了出嫁，成爲人們所說的針頭線尾的客家婦女。雖然婦女會會教一些初級的針法，做些簡單的嬰兒服飾，打褶、繡花，但因爲小孩的衣服直線車縫本就比較簡單，如果要能自己做一套衣服，甚至嫁衣，還是得來劉師傅這裡學。

學徒待的時間因人而異，有人只來三週，學了基本的縫補就離開；有人一待三年，直至出嫁。

全盛時期，劉師傅擔任總師傅，底下還有七八個可以出師的師傅。能出師倒不算難，只要學會基本的剪裁和縫製手工，就可以接下不少補貼家用的活。劉師傅也教人洋裁，從製圖、打版做起，確實比傳統服飾多了一些功夫；但說到劉師傅最擅長的，還是西服。時局曾有一度是，做裁縫師比一般做工賺的錢還要多，也因此吸引了更多學徒蜂擁上門。尤其在還沒有大型加工廠前，只有一些私企，做西服學徒也成爲年輕人就業的一條門路。雖然一開始學徒薪資很低。劉師傅的年代一個月只有十塊錢，如今他自己做了師傅，除了供給學徒餐費外，只要出師的學徒自己接案，他也會按件計酬給人家。在做師傅和老闆這方面，他是讓人尊敬的。

學徒人數最多的時候，來了一個特別的女學徒，春；與來三週的、待三年的不同，她幾乎是用了一生。

劉師傅年少學裁縫那時，客庄裡的人穿大襟衫和唐衫的較多，傳統的大襟衫或唐衫需要自己打盤扣，盤扣一天打不了幾個，尤其棉布材質又不好施力，耗掉整天的工也沒換到幾毛錢。後來受日本人影響，願意訂做西服、買西服的人越來越多，他出師做裁縫時，庄裡的每一個人幾乎都跟他訂過至少一套西服。但成衣出現後，別說大衫襟或唐衫了，連訂做一套西服的人都要在布料價格上斤斤計較。

踩著裁縫車，燈珠下專注著線的跑動。劉師傅已經習慣了整天都在裁縫車台上的生活，一摸就可以上釘，幾乎不用測量。

這次做的是一個外鄉大客戶的單子，他已經連續不眠不休將近三日了。

工作室本就不大，上午來了三個學徒，下午又來了四個。妻會準備學徒的午飯。尤其在春耕時節，大人農忙沒空開火，就會把學徒留在劉師傅家搭餐。庄裡曾有笑言，沒吃過劉師傅家飯的孩子，不算長大。學徒的年齡從十出頭歲到近二十歲都有，劉師傅與妻結婚多年未育，這些在布床旁圍繞的孩子，也都算是他們的孩子。

布床倚著大面的窗，窗上遮著劉師傅平日裡練習用的棉布。新埤頭早期雖然也有布庄，但花色不多，買客流動慢，成衣出來後沒多久，就退出市場了。劉師傅的布最主要的來源還是臺南布商，布商會定期到店裡放布料，但能挑的也不多，通常只有棉質的印花布和大色布。劉師傅會將這面窗當成樣板，挑選這一期中特別的布料作爲簾子。既可遮光，又可示範。

布床留著上一日裁剪時留下的棉絮，還來不及清理，就又放上新的一塊大色布。剪刀刀片高頻率的磨擦聲，瀰漫在安靜的空氣裡頭。學徒回家後，劉師傅並沒有馬上離開店，而是繼續趕工。

大客戶本田桑便是臺南布商老闆介紹來的。除了做西服外，還多訂了兩套的和服。劉師傅雖然沒有做過和服，客庄裡的人也沒人有這個需求，但來者是客，他還是依照客人所給的紙樣，接下了訂單。

劉師傅的技術沒話說，其他人做衫都要先打版，但他是直接畫在布上，剪刀劃過大色布，就先裁下了後片，再依樣畫葫蘆裁下前片。一般店家西服訂做都要來回修改四五次，但他的腦海裡早就有許多樣板圖，客人來只要量好身形就好，通常不過兩次的修改就可以交件。

爲了能如期交件這位大客戶的訂單，指導學徒們的工作暫時落在劉師傅妻的身上，他則把自己禁閉在店的一角，以成堆裁剪好的棉布當作一面牆。牆外是妻跟學徒們混亂無序的裁縫車聲，牆內是劉師傅快速精準的裁剪聲。

劉師傅以前總跟妻開玩笑，說她嫁給自己十年，裁剪的技術竟然比入行十個月的學徒還差。妻剛開始還不服氣，說一定會做好一件洋裁給劉師傅大開眼界，可新婚那時一時興起裁下的大色布，除了畫上洋裁的版型外，一次也沒有裁剪下來。妻的洋裁之約，當然也就被劉師傅當作笑話一場，拿來作爲夫妻消遣的日常。

劉師傅專注之餘，不忘關注「牆外」妻與學徒們的工作進度。

時值新年，訂單比往日多了許多，可人手不太夠。去年兩個出師的學徒分店出去了，今年剛能出師的學徒被家裡人叫回去農忙。

說到裁縫這一行，縫紉向來就不是難事，但能在布上裁剪自如的，就要靠天分了。妻完全沒有這方面的天分，照著紙樣剪裁，有時還會出錯。春算是一個有天分的學徒，且她還小，才十三歲，有的是時間學習。但不巧的是，她來店裡的時候正值劉師傅接下大單時，所以基本的剪裁和縫紉都交給妻去指導，要不然就是讓更早入行的學徒去教。

春如其名，剛來店裡時正是春光明媚時。但劉師傅忙著接大單，根本無暇應付，只能把春先交給妻。妻會推拒過劉師傅，原因是怕自己的能力不夠，無法指導剛入行的學徒。劉師傅笑她多慮了，既然是剛入門，甚麼也不會，教些簡單的縫紉，不然就空踩縫紉機練習就好。

幾日就好。劉師傅又是拜託，又是央求，妻這才同意讓春進店裡。

誰知春的學習出乎劉師傅和妻的預料，她學得很快，才一週，就已經熟練考克和裁剪褲子的紙樣。

春正式加入裁縫學徒的行列裡。

他們現在的分工是這樣的：妻先按著褲子的版型剪下布料，然後交給春車布邊，接著給餘下的學徒接合加工。店裡除了劉師傅用的裁縫車外，還有兩台剛沾過油，一舊一新的裁縫車。新舊都好用，重點在於人。另外還有一台考克機，專門車布邊。

一整日的分工下來，妻帶著學徒們做完了新年訂單的西服褲子。考克機下全是被裁下來的布料邊緣，跟棉絮揉成了一團，堆積在腳邊。學徒都回去後，妻負責清掃地板上的棉屑和碎布，劉師傅還在繼續趕著本田桑的單。

褲子在裁縫裡是初級的，有天分的人可以一日就學會剪褲子；但上衣就難很多了，有袖子、領子、釦洞、口袋，這複雜的裁剪連被稱爲劉師母的妻都還只是勉強能應付。不得不說，一個有名的裁縫娶了個針頭線尾不靈巧的女人爲妻，難免被人說話。起初劉師傅是不在意的，但幾年下來，看著來來去去的學徒都陸續出師了，說不失落是騙人的。

但這不表示劉師傅會背棄自己的誓言，他還記得與妻相看是在他十六歲出師那年。劉師傅無父無母，是給親戚養大的，親戚看他學師有成也該成家了，就給他配了一個同爲客家庄的昌隆女孩。只是沒想到，這個昌隆女孩不會針線。

無要緊，僅會。下聘那日，劉師傅如此與媒人和衆人說。

與妻相對那眼，就此定了終生。

劉師傅倒是沒有後悔，因爲妻除了針線外，裡裡外外都是無可挑剔的賢妻。只是後來隨著劉師傅的名氣越大，妻不會針線的缺點，才又再度被人說起。爲了消弭那些流言，劉師傅藉口讓妻照顧學徒們的飲食起居，讓她與學徒們一起學習。可每一批學徒的出師和畢業，又都造成了妻的失落。

劉師傅看著妻送走一批批的學徒時，總想著開口，讓她別學了。可話到嘴邊，又吞了回去。或許下一批學徒出師前，妻能獨自完成一件洋裁吧。他心底反覆告訴自己。

而春的到來，改變了劉師傅，也改變了妻。

2

春是這一批新進的學徒中天分最高的，劉師傅沒想過她的學習如此突飛猛進。

這日，劉師傅第二次修改本田桑的訂單，那面棉牆外的分工已經變成：春先按著版型裁下布料，然後交給妻車布邊，再給餘下的學徒接合加工。而且春剪裁的不是褲子，是上衣。

劉師傅從疊高的棉布縫中瞥見，春還未成年的小手，明明連撐開剪刀都很吃力，卻能穩定地在大色布上俐落裁剪，而且與版型絲毫不差。更令他訝異的是，半天時間，春就已經不再需要版型，摸著布，不需寸尺就能剪。尤其是領子的轉彎處，除了裁剪外，車縫時也要有一些轉彎的技巧。人家都說師傅多少會藏私一些，劉師傅也不例外。可當他看見春裁下的布塊時，不得不說，真的讓他震驚。

現在換妻坐到考克機上，負責縫車邊的工作。

劉師傅相信不是錯覺，他看見妻專注的眼神裡，難掩失落。

他起身，本想調整她們的工作分配，可隨即又看到門口疊著成堆待裁的棉布，只好又坐了回去。實在沒道理在這忙不過來的當下，選擇低效率的工作模式。這道理想必妻也是懂的，才會將裁剪交給春。

還是完成眼下工作比較重要。劉師傅如此告訴自己。

他不禁想起，自己當初學剪裁時也惹來不少前輩的不滿。他學得快，天生就是吃這途飯的人，師傅剛開始是青睞他的，但到後頭也是因爲忌憚他，將他請出了師門。名面上是他學藝有成，但他明白，從此之後在裁縫一途上，他只剩下自己。

接到本田桑的訂單時，他偶爾也會回想師傅著和服的模樣。年少懵懂，他捉摸不清曾經的悸動是對師傅的仰慕，還是另有他想。不論如何，他在衆前輩的排擠，還有師傅的默許下，被逐出了師門。那段輕狂歲月，他不曾與外人道，連妻也不知。

多虧有春的幫忙，這批新年的訂單如期交貨了，如今就剩下劉師傅自己手邊本田桑的訂單。西服都已經完成，但和服的尺寸卻一再被退回。

送舊年那天，本田桑開了一台黑頭車蒞臨劉師傅的店。劉師傅趕忙放下手邊的工作迎接，但還未開口，本田桑丟下那兩套已經改了第三遍的和服。開口就先一句日語，將劉師傅罵得狗血淋頭。劉師傅只能鞠躬道歉。說實在的，劉師傅沒有做過和服，在庄裡也沒見過幾次，光靠紙樣摸索，確實爲難他了。

本田桑如此氣憤也不是無法理解。聽臺南布商轉述，本田桑的妻女不久前喪命於洪水，沒有留下任何遺物，但曾叨唸過要做一件和服。本田桑表示他只看過妻穿過一次和服，是在求親那日。所以他也只是按著印象中的和服，粗略畫出紙樣，畢竟是外行人，畫的草圖標示不明，甚至標線和尺寸都沒有。可如今大船已在港邊等著，他必須回母國了。劉師傅曾試探爲何本田桑不另尋高明，畢竟自己學成那時並沒有從師傅手中學到和服的樣式。本田桑只說，那是亡妻遺願。

本田桑離去後，劉師傅在布床旁沉思許久，腦海裡不斷浮現師傅穿著和服的模樣。如果世間有所巧合，那他願意相信命運的安排。

他決定大膽一試。

布床上，一匹新的色布被用力攤開，窗外的月光照著其中一角，既昏暗又冷清。劉師傅已經許久沒有如此振奮。獨立開店這些年，所做服飾都只是樣板上的設計，即使客人身形不同，有些袖口變化的要求，但對劉師傅來說，那都不算是眞正的裁剪。

他想起出師門前，師傅告訴他每個人都要有適合自己的衣服，不是洋裁、西服、和服，而是自己的服。他當時不懂，認爲自己對於裁剪已經游刃有餘，是師傅藏私，不願意再教他了。

師傅的模樣原來還很淸晰。裁下第一塊大色布時，他如此感嘆。

正當他黯然神傷時，春突然出現在店門口。恍惚望去時，他一度錯認站在門口的是師傅。喊了聲。春茫然不知，說自己是來幫忙的。聽見春的聲音，他才回神，冷靜下來後把春叫了進來。

如今當人師傅的是自己了。劉師傅振作自己。看著眼前靑澀的女孩，想著這幾日春的進步，他相信這女孩也有人家所說的天賦。

考慮片刻後，他在布床上攤開新的色布，又從自己的裁縫車上拿了把剪刀，遞給春。

春看著剪刀有些惶恐。

那是劉師傅專用的剪刀，連劉師母都沒有拿過的。劉師傅眼神示意，讓春用自己的剪刀裁布，等於默許了春具有半個出師師傅的能力。

春接過剪刀，鋒利又厚重的刀片在她掌心裡握出溫度，她鼓起勇氣在布床上將色布裁出後片和前片。春畢竟沒有經劉師傅親手指導過，雖然基本的圖形和領子的弧度都抓得很精準，但整體而言裁出的布塊還是有些不對稱。

劉師傅拿回剪刀，親自示範了一次。然後又交給春。第二次再試，春很明顯比第一次熟練多。劉師傅忍不住讚歎，他從未遇過如此有剪裁天賦的人，未來甚至可能比自己還要出色。那瞬間，他恍然，師傅當年是否也是這麼看待自己的？

劉師傅決定要好好指導春，將所有自己知道的，摸索過的，都交給春。毫無保留。

接連幾日，關店後，劉師傅都會讓春留下來。

窗外露水冰冷，布床邊開了盞小燈，用勉強的燈光打在車針附近，照著色布的行進。裁剪時的漫天飛絮，落在燈罩上，又鋪滿石子地。屋內通常都是安靜無語的，唯有剪刀的磨擦聲和裁縫機運作的聲音。

劉師傅踩起裁縫機的速度是快的，針車的起落都在他銳利的目光中，絲毫沒有落差。但春的速度就慢了，畢竟眞正踩裁縫車跟考克是不一樣的，更需要專注在布料的行進和移動速度上。一不小心，速度沒抓好，針刺穿手都是常見的。

春的手也被針刺了幾回。

劉師傅甚麼也沒說，只是拿出鉗子將針拔出，然後用車油塗滿傷口，止血。那晚，他便會讓春先回家休息，隔日再繼續。幾回下來後，春也已經習慣了裁縫車的速度，雖然沒有劉師傅快，但兩台裁縫車同時啟動時，相互追趕的節奏吹動起石板上的棉絮，微微飄起，又落下。

好像當年他與師傅那樣。

此生能教到如此有天賦的學生，已經無憾。劉師傅曾和妻如此言，說到春的每個夜晚，劉師傅都睡得格外好。

本田桑來拿貨前要最後一次調整褶線，劉師傅讓妻和春各穿一件。他記得，本田桑說過妻子和女兒的身材就跟這兩人差不多，於是他便讓兩人穿上，再依著兩人的身形去調整。

妻沒穿過和服，一臉喜孜孜，如出嫁的女孩般。

春也沒穿過和服，但劉師傅發現春穿上和服時，笑容有些勉強。

終於順利交貨，過了年，裁縫店又恢復往日的日常。來去的學徒依舊，有學了三週就嫁人的，也有學了三個月就放棄的；唯一改變的是春，她成了劉師傅裁縫店認可的第一位女裁縫師。出師了。店裡開始有人指定要春做洋裁，除了與其他人共用布床之外，她有了自己的裁縫車。劉師傅替她出了五百元，剩下的四百元，則用春自己按件計酬的薪資。她的收入從一個月兩百元，做到了一個月三千元。

妻生了第一胎後，就幾乎不在店裡忙碌了，所有學徒的指導工作和搭餐都交給春發落。妻與劉師傅已經說好，在春嫁人之前都讓她在店裡幫忙，妻剛好也能安心生兒育女。

但一切日常的改變，都來自於那一日——春捧著被剪毀的嫁衣，站在店門口啜泣無聲。

3

春被退婚後三年，劉師傅的裁縫店訂單來到了最頂峰時期。

臺北的永樂市場是日本印花布料輸入的主要貿易市場，戰後成爲全台最大的布料批發集散中心。劉師傅偶爾沒跟臺南布商叫貨時，也會去永樂市場批發一些花色較特別的布回來。一樣是裁了一塊樣板當作窗簾布，掛在布床邊的窗上。

布床換成了實木桌，更大更穩固，桌腳還是長年堆積著碎布條。

劉師傅偶爾會想起春，她在布床上認眞剪布的模樣。之後幾年，他沒有再收過如此有天賦的學徒。有時甚至也會自責，若不是那晚跟春說了那些話，結局會不會有所不同？

這三年裡，劉師傅和妻也不是沒找過春，但都沒有下落。有人說她瘋了，被送出庄；有人則說她死了，死在出嫁那日的路上。

十年內，妻前後生了三胎，之後就像著了魔似地常常喃喃自語，又過了幾年，妻的健康驟下，每日都鬱鬱寡歡。

大女兒十三歲那年，正巧是春當年來店裡拜師的年齡。劉師傅期待大女兒能得自己眞傳。他開始花時間教女兒學裁剪，從開鈕扣洞、縫鈕扣洞，空踩縫紉車開始練習，女兒學得不算慢，但也沒讓劉師傅有當初教春時的振奮，總之就是與一般學徒一樣，才能平庸。熟悉了基本的打鈕扣和繡花後，才進到下一步的開口袋，一切都是按部就班。

劉師傅常恍然想到春執起剪刀時的俐落。

之後將近半年，女兒終於將長褲學上手，但離精通還有好一段路要走。劉師傅讓女兒學男仕西服，而不是女裝洋裁。或許是因爲多數客戶所需，也或許保留著一絲私心。

女兒開始獨立接案之後，劉師傅便常感覺到心有餘而力不足，也是來到不惑之年，體力確實下滑了。他將店裡的工作逐一交接給女兒，自己閒來無事時便騎著鐵馬在庄裡閒晃。

庄裡的人大抵都知道劉師傅過起半退休的生活，但還是願意在需要做西服時找劉師傅訂做。劉師傅會接一些給女兒負責，又把部分的訂單往外推。半輩子經營下來，新埤頭周邊的村庄有不少是從劉師傅手下出師的裁縫，他們接獲到劉師傅舊客戶的訂單，也是很樂意的。

從女兒出師到出嫁前，店裡的事務已經全交給女兒打理。

某日劉師傅騎著鐵馬回家，又再度看見妻坐在廊下。妻的眼神牢固地凝視著他，見他停好車，才起身回到屋內。多年來都是如此。不知從何時開始，劉師傅發現自己與妻之間已經是僵持無語。

他想，這一切的改變還是得歸咎於那晚。

春的嫁衣是妻用他送給春的剪刀，剪壞的。

起因是在這前一晚妻問了他，是不是春嫁人了，他才會死心？

劉師傅無語，低頭無法回應。妻又怒罵他，說他都是可以做春父親的人了。妻對於剪毀春的嫁衣並無悔意，也從未道歉。對妻來說，應該道歉的人是劉師傅。

妻離去後，店裡便只剩下劉師傅與春。

對於妻的指責，劉師傅自知理虧無話可說，但對於春，他不希望因爲自己的糊塗，而去耽誤一個女孩的花樣年華。

劉師傅將嫁衣鋪在布床上，照著破碎的版型試著修補。

凝重的月色下，只剩裁縫車快速運轉的聲音，伴著春幽微的悲鳴。

偃毋想愛出嫁，師傅。是春打破了沉默。

劉師傅專注於手中的縫線，也是刻意忽視掉春的請求。春請求，劉師傅能同意讓她把孩子生下來，不要任何名分，只要讓她能待在店裡就好……

春的請求不多，說的都是重複的話。隨著春的眼淚越掉，劉師傅踩著裁縫車的速度就越快。他試圖用雜音壓過春的話語，可不只春，連他自己的心緒也臨界到潰堤的邊緣。視線所見的不再是嫁衣的大紅色布，而是春的血，那日留在潔白床鋪上的少女的血。不用說，妻在隔日也看見了那抹紅，老二更因此早產了。

裁縫車聲戛然而止，春停止啜泣，劉師傅仰起頭，才發現布床邊的窗戶上的大色布，已經許久沒有換掉新花色。

明天去跟臺南的布商叫塊新布吧。劉師傅這麼想。

妳走。

或許前面還說了更多話，也可能甚麼也沒說，只是留在心底。劉師傅只記得，他與春說的最後一句，便是——妳走。

與師傅當年逐他出師門一般。

春離開後，劉師傅呆坐在裁縫車旁許久。

恍然間，他發現視線中有許多殘留的棉屑，揮之不去。不只眼前，裁縫車側邊的輪軸、傳送帶、梭子……都纏滿了碎布條，還有不少是裹著灰塵的棉屑；不知是因爲時間而造成的黑色棉屑，還是那本來就來自於黑色布料。他凝視著裁縫車。這台他用了數十年、出師時師傅送他的裁縫車，表面已經開始鏽蝕掉漆，尤其是梭子旁的推桿，纏繞著無法清理的碎布條和各種棉絮。

劉師傅的裁縫車旁還放著春的裁縫車，是春出師時，他出資贊助的。那時的春身形還小，踩起踏板和抬高壓腳的側邊壓板都還有些吃力。妻也曾有過跟裁縫車磨合的經驗，於是她還替春在側邊壓板上裹上布料，減緩膝蓋貼在踏板上的壓力。春一天要花上十多個小時在裁縫車上，原本嶄新的踏板，也因此磨出部分的光亮。

但這一切都來不及清理了，不管是那些棉絮還是關於春。

如今那台裁縫車，劉師傅允了讓女兒繼續使用。但幾年來，即使一代代新的學徒來去往返，女兒成了店裡的裁縫師，挑起大樑，也沒能再讓劉師傅聽見熟悉的裁縫車聲。

女兒的婚事落定，親家下聘完後那日，劉師傅與妻正式決裂。

妻從床板下的櫥櫃裡拿出一件洋裁，在他面前剪成片片碎布。是新婚時那件未完成的洋裁。妻離去後，劉師傅拾起那些碎布，將其聚攏在手心裡，又抱進胸口。洋裁顯然已經完成，早不知在何時。但劉師傅還沒來得及看妻做得如何，唯一所剩的就是這些散落的碎布。也如同他倆曾經彼此扶持的歲月。

毀了洋裁的是妻，毀了約的是他。

女兒出嫁後，劉師傅就很少在年前收到特別訂做衣服的訂單了。

起初是高雄加工區的建設，又逢越戰時期，開始有大量的美軍大兵的衣服，西服樣式更多元了。有背心，還有領片甚麼的。民國七十年，百貨和舶來品大舉入台，比起手工訂製還要省時省錢，款式又多；比起訂製，還要來回修改數趟的西服更方便。

裁縫業在八十年代正式走下坡，一開始是因爲運動服的大量製作，袖口縫有兩條白線的運動服，成爲加工廠的新寵兒。再來又遇到皮衣的流行，開始流行進口商品，又後來臺灣加工廠外移南洋，流行起了廉價的成衣。偶爾接到修改衣服的單，是在學校開學前後。那時期的學生，很喜歡修改制服；女生就改成又短又緊的裙子，男生就改成AB褲，褲子邊還要求要有褶線。

女兒獨立接下裁縫店初期，偶爾接到一套西服的訂做，一個月還能多出三千多元的收入。但多數時候，女兒為了養家，白日不車衫時是得去接其他工作做的。聽庄裡人說，女兒做過車掌小姐、接過家庭代工、婆媳不睦……後來女兒自己存了錢，將土角厝的店面改成了水泥屋，跟妻一家人住在那屋內。似乎再也沒有劉師傅這個人。

如果能被遺忘就好了。劉師傅曾這麼想過。

但庄裡的人依舊認識他，看見他還是喊他一聲「劉師傅」。可他很清楚，這些人轉頭又換了一個面孔，閒言碎語著他的過往，還有春母子的事。

這日，劉師傅又踏著鐵馬在庄裡悠晃，隨著頭一陣劇痛，他跌下大圳。被救起時已經意識模糊。在醫院躺了數日，甦醒那日他發現自己身邊無人，只有護士推著推車來來往往的腳步聲。劉師傅想下床，發現自己雙腳無力，喪失了行走的功能。掙扎許久後，劉師傅放棄了，任著自己無用的身軀躺在床上，望著一片空白的天花板。

他知道自己太晚找到春母子了，使他母子倆孤苦無依，如今對自己冷眼看待，也是能讓人理解的。而他又太晚對妻和女兒放手，牽絆了妻的一生，曾有的名聲更禁錮了女兒……

好想被人遺忘。在病床上動彈不得的那些日，他沒有停止過這樣的念頭。

4

那是劉師傅第一次拿著布尺在自己的身上丈量，這身用了八十多年的軀體，雖然連自己也討厭，但終究還是自己的。

隨後他點亮燈，將裁縫車上的碎布掃到地下，清出一個乾淨的空間來。低下頭時發現，針車下的梭子沒線了。也是，畢竟十多年沒用了，沒有沾油維護，如今還能勉強送布，已經不錯了。梭子沒線後，下方的輪軸會順著往前推，傳送帶因此帶動梭子運轉。這本來只是平常的換線，但劉師傅動作已不如年輕時俐落。

輪軸和底座留下了不少棉屑，就如積了一世般，怎麼清也清不掉。

女兒出嫁前，劉師傅在隔壁庄找到了春與那他不曾謀面的兒子。春的臉上爬滿皺紋，不再青春年華；眼神灰暗，不若當初看著他剪裁時的那份崇拜。知道妻那回不去後，劉師傅便流連在春這。春並沒給他甚麼好臉色，只是看他無處可去，勉強收留了他。

劉師傅曾問春，當初她沒帶走的那台裁縫車能不能給女兒當嫁妝？可笑的是他身為裁縫師，卻連台裁縫車都買不起。

春說隨便，反正她無所謂，現在人嫁娶也不需要裁縫車了。

劉師傅沒有反駁，時局就是如此，而女兒最後也真的沒把那台裁縫車放進嫁妝裡。他想，往後男女的婚姻可能會變得更單純些，不再需要縫縫補補，也能說走就走，不似他，徘徊了一生後，既沒有妻、也沒有春。

女兒來醫院接走他時，劉師傅本不想走，如果能就此被人遺忘在醫院裡，或許也是好的。但女兒說，她不想讓人說閒話。

劉師傅想到，也對，自己的名聲已經不好，不能再讓女兒變成更壞的人。已是古董的裁縫車再次啟動。

當初舊的店面已經改裝，沒有了那面掛著大色布的窗，也見不到戶外的月。

劉師傅的動作雖然比過往遲鈍許多，但要做一套壽衣，還是可以的。他打算分別做一件內褲、睡褲、外褲，然後上衣、雙層外套……男雙女單，所以總共要做十件。走的時候至少要體面些，怎麼說，他也是——劉師傅。

大孫

1

從沒想過如此狗血的事情會發生在自己身上。

文偉猛地從床上跳起，頭痛欲裂，宿醉的後遺症正排山倒海而來。幹，喝太多了。文偉起身，套上背心和內褲，發現自己正處於勃起狀態，有些難受，但昨晚的畫面過於清晰，頓時繳械。

現在不是自傷自憐的時候了。文偉隨即振作起來，灌了一大瓶的蜂蜜水。未能解宿醉的噁心感，反而喝了滿肚子水，又抱著馬桶全吐了出來。吐了些酸水出來，肚子是舒服多了，但鼻水逆流，又從嘴裡嘔出更多酸物。

門外突然傳出急切的敲門聲。

是凜的聲音。

文偉即刻清醒，抓起蓮蓬頭將臉上、身上的酸物草草沖去，套上衣物回到臥室。環顧室內片刻，全是他和凜親密過的痕跡，可他現在沒有心思去迷戀了。那些都是過去了。也只能過去。

文偉開始翻箱倒櫃，要找出自己的存款簿。

凜邊敲門邊喊著他，嘴裡說了甚麼，要文偉原諒她的話，都要哭了。

文偉一度心軟，鼻頭漫起酸楚，但他覺得應該是方才未吐乾淨的酸物，又嗆了出來吧。找不到存款簿，才想起不久前他已經把所有的存款都給凜了，說要讓凜去購置新房，還有諸多婚禮上要用的費用。都我出吧。文偉想起自己那時說得挺豪氣的，不免有些後悔。

找不到現金、信用卡、存款簿，文偉有些懊惱。他看了手機。對了，還好在 LinePay 上存了一些錢，用這些錢應該夠先回一趟老家吧。

凜還在敲門，越來越急促，甚至開始用身體撞門。

碰碰碰的聲響落在文偉心底，如同戰鼓。逃，不論如何，他一定要逃離。至於要逃去哪裡？文偉還沒有打算。預想著就回去老家找阿公要點錢吧，阿公只有他這麼一個長孫，自小將他寵得無法無天。如果阿公不願意給他「跑路」的錢，不然就帶上阿公一起走？腦中盤算著數條落跑路線，總之現在，就是要趕緊走！

來不及換衣服了，將就身上這套背心和運動褲吧。跑在路上，路人應該會以為他只是在慢跑。

眼見門要被撞開，文偉更急了。早知道凜之前跟他抱怨門把有問題時，就應該去換把金鋼不壞之鎖，至少此時他還能暫且躲在這公寓裡。幸運的是，公寓只有兩樓，又有一座大露台，文偉早想好了，他根本不打算從正門離開，他要跳窗！

凜真的把門撞開了，一襲短禮服站在文偉面前。

文偉已經做好了跳躍的姿勢，凜怕他想不開，不敢靠近，只是哭喊著要文偉進來屋內，兩人坐下再好好談談。

我眞的不是故意的。凜再度重複。

文偉不是不願聽，他也很愛凜，甚至願意給她所有身家。他不是因爲被騙而憤怒得要逃，他是羞憤、愧疚，又不知所措，甚至沒臉面對周遭的人。做錯事的不是他，但錯的卻是他。文偉從沒那麼絕望。

到此爲止吧。文偉想說，可連開口徹底斬斷的勇氣都沒有。

文偉跳下窗台，又沿著露臺跳到一樓，順利逃出。突然慶幸自己待過田徑隊，卻沒有想過眞正奮力往前跑時，是爲了逃。

凜身形小，完全跟不上文偉的速度，只能趴在窗台上喊。

文偉跑了許久，這一帶他太熟了，完全可以繞過紅綠燈和人潮擁擠的地方，暢行無阻地跑。感覺很喘，吸入的空氣稀薄，但文偉不想停下。終於到了公車總站，文偉瞥見即將發車的公車。是他要去的地方。買了票上車，動作很快，沒有半絲遲疑。車上已經坐滿人，他對號入座時公車剛好起步。車上的人各做各的，沒甚麼人注意到他蒼白的臉色，司機也對趕車的人見怪不怪，壓線買票的人每天都有。車子很順利地上了國道，開始加速。

文偉走進公車的廁所，狹小難以轉身，尤其是文偉這種超過一百八的身形，光在廁所裡站著就只能駝著背，更別說車子搖晃。感覺自己就像是扭蛋裡的樂高，被拆解成數塊，等待重見天明那日被人重新組裝。但此刻的他，還不想被人組裝，他只想躲起來，不被找到。

文偉坐在馬桶上，抱著自己，蜷縮在角落哭了出來。

2

阿公遙見文偉走來，滿臉笑容。

直說回來就好回來就好。

阿公你可以給我錢嗎？毫不掩飾來意，文偉一開口便是要錢。

可以啊，我的那些錢本來就是你的。文偉很高興，可阿公竟然說要等他死了以後才能領，還安慰文偉說，他留給他的是最大的一份。文偉說自己現在立刻就要。阿公堅決不給。沒辦法強攻，文偉只好拐阿公說要一起出遊。阿公拍拍自己的腿，說年紀大了走不動。

阿公給我錢，拜託。

你要錢做甚麼？

逃。不對，我要出去玩，我要去很遠的地方旅行，不回來。

這樣啊，那要不要多待兩天呢？你姑姑從美國回來了，說要替她女兒主持婚禮，新郎倌也會來喔，你沒看過你表妹，要不要去呢？

文偉一聽就頭皮發麻。

阿公等不到文偉回應，看他一臉傻愣愣地杵著，又笑起了他小時候的糗事。

文偉是阿公「撿」回來的。說是撿，其實也不爲過。從有記憶以來，文偉便知道自己是育幼院的一員。育幼院裡頭都是無父無母的孩子，文偉曾經也是。母親生下他便走，頭也不回，父親也不認他，最後還是阿公找到了他，將他從育幼院帶回來。

他記得，當時反對的有兩位叔叔，還有那位嫁去美國的姑姑，甚至連堂伯堂叔都對他的身分酸言酸語過。文偉那時還不知道自己爲什麼被人嫌棄。阿公家是傳統四合院，有天井的那種，每每在稻埕上玩時，除了他自己捏出的泥人外，沒人願意接近他。

阿公將他帶回後第二年，在祖厝召開宗親大會。文偉是那時才知道，他是父親在外的私生子，身爲小三的母親當然深受罵名，生下他後與父親斷情絕意，將他丟在公園裡。父親元配把他送往育幼院，算得上有良心了。文偉在育幼院五年，父親死於意外，元配也就離開了，不過元配離開前告訴阿公，父親的血脈，也就是文偉在何處。再之後，他就被阿公帶回。這頂多也就是認祖歸宗而已，沒想到阿公的家族是地方望族，不只是宗親會主事，事業做的是醬缸，來頭也不小。有錢就有利益，也就是如此，文偉的歸來，對於其他名正言順的子孫來說，是一大威脅。

還小時，文偉被叫私生子習慣了，尤其在圍爐團圓時，站在最前頭拿香祭祖的他就格外彆扭。

文偉是阿公的大孫，卻也是名不正言不順的私生子。

大家族有個不爲人知的毛病。卽使私底下勾心鬥角，上了圍爐桌就是和氣一片，每年都會上演父慈子孝、闔家歡樂的戲碼。阿公身爲家族中的支柱，也很享受子孫承歡膝下。文偉很快就看出那一切都是假的。甚麼「恭喜發財」，爲的都是後面的「紅包拿來」。他總是格格不入，沒有父母，沒有紅包領，但阿公獨厚他，會把桌上最大隻的雞腿挾給他，然後塞給他厚厚一疊紅包。這當然會引來人側目，阿公在場時，是沒人敢說話的。

成年後，他離開了這座用虛假堆砌而成的四合院。

四合院裡唯一讓他掛念的只有阿公。

剛學會認字時，他看過阿公的身分證，上頭寫的是民國二十年。沒學過歷史，不知道民國二十年是多久以前，但他很享受跟在阿公身後的感覺，即使有人說他狐假虎威。阿公做過地方的小官，日本時期、國民政府時期，都有他。政黨輪替那年，阿公更是捐出不少錢，盯著電視裡支持對象不斷增加的數字歡呼。村裡主廟的理事也是阿公，阿公說祖先來時就拜了三山國王，以後他們子孫也應該如此。文偉還太小，只是覺得好玩、神氣。跟著阿公走，到哪裡都威風，阿公更是逢人就介紹：該系偃个大孫。

離家北上那天，來送行的也只有阿公。

阿公塞了好多鈔票給他，他哭得不像話，幸好火車鳴笛，他匆匆上車，這才眞的下定決心與阿公話別。之後幾年，文偉很爭氣，讀書就業小有成就，阿公也會偶爾來臺北找他，跟他窩居在舊公寓裡。阿公不再北上，是因爲跌倒後住進了安養院，也正是那年，文偉交了凜。文偉抽空時會去安養院看阿公，安養院是自家財產，阿公在那當然是尊榮等級。文偉慶幸的是，他以後只要去安養院就能找阿公，不需再回四合院。

他討厭四合院的一切。

千算萬算，沒想到他這次逃回來，竟然又回到了四合院。

坐上車時他撥了電話給阿公，阿公說因爲姑姑女兒的婚禮，加上他腿傷復健也有好轉，所以不久前就回四合院住了。聽到此，文偉一度打消回去找阿公的念頭。可隨卽想到，他現在「身無分文」，除了阿公，已經沒有可靠的人；再說，如果眞要遠行，也應該跟阿公道別一下。

猶豫許久，文偉還是踏進了四合院的院落。

討錢無果，文偉當然很落寞，但讓他火燒眉毛的是另一件事。不然就先住一晚吧，明天再說。床有點小，他睡在幼年時阿公特別爲他訂製的木床上，腳後跟露在床板外，不得不蜷縮起來睡。

文偉睡得不安穩，一直在盤算著明日要如何離開，甚至在夢裡也是。

天甫亮就被戶外的喧鬧聲吵醒。他很快就探查到聲音的來源，是來自於宗祠。

該來的果然還是來了。文偉嘆了氣，下床。昨晚把自己縮得太小，現在全身骨頭都有點僵硬。他伸展，仔細聽著從祠堂傳來的聲音。看來祠堂裡來了不少人，一言一語，似乎都在集中斥責著某個人。

文偉來到了祠堂。果然很多人，他已經許多年沒見到宗祠裡聚集那麼多人了。兩位叔叔、姑姑、堂伯堂叔都來了，大家臉色都不好。尤其是姑姑，更是氣得飆淚，直瞪著跪在祠堂中的女孩，那便是表妹。

文偉走進前一度遲疑，心底有個打算：不如不要跟阿公拿錢好了，不要去太遠的地方，用 LinePay 剩下的餘額，然後睡公司，等下個月的薪水入帳再說……可他無法下定決心，腳步遲遲邁不開。

眾人一言一語，將事情拼湊了出來。

表妹的新郎倌沒跟著回老家。叔嬸們在一旁煽風點火，說年輕人太不懂事，絲毫不尊重娘家人。更何況（這才是重點），娘家是地方望族。但讓眾人更憤慨的是，表妹未婚懷孕。簡直是丟了家族的臉。大叔說。還有人說要把新郎倌抓回來，報警。

祠堂中甚至來了許多文偉沒見過的人。

叔公也來了。

阿公坐在祠堂中，聽著眾人的話，臉色越發鐵青。

文偉知道大事不妙了。記憶裡，阿公不曾有過如此難看的臉，即使偶爾撞見子孫們因爲家產的事情針鋒相對，他也會當作沒看見。

眾人紛吵中，文偉終於鼓起勇氣走了進去。

跪在眾人目光下的女孩看了他一眼，很熟悉，淚眼迷離，有些黯然失色，不如文偉記憶中的模樣。他很心疼，女孩朝他搖頭，示意他離開。但這已經不是小公寓了，文偉知道自己無處可逃，也來不及了。

文偉走進祠堂，眾人疑惑中，雙膝跪下，喊了聲，阿公。

3

凜還是那句解釋，說不是故意的。

文偉覺得自己跟傻子一樣，傾心付出的人，從一開始就是帶著目的接近自己的。他也從未想過姑姑身爲母親，竟可以如此荒唐，教唆自己女兒去勾引哥哥的兒子，雖說是私生子，但他好歹也是父親的兒子。

衆人在文偉的認錯中，一片譁然，爭論不休。不過文偉的戰線向來都只有阿公一人，這次卽使多了凜，也是勢單力薄。總歸有個說得過去的結論，畢竟都是自家孩子，不會像舊時代那樣，把人綁進柴房或浸豬籠。

阿公來問文偉，兩人怎麼回事？

文偉如實告知。

姑姑遠嫁美國，除了每年的圍爐隻身回來之外，文偉根本不知道姑姑到底有幾個兒子女兒。與凜的感情也沒電視演的那樣波瀾壯闊，工作時認識，很平凡地交往，然後就跟時下青年一樣發展，互許終生，規劃未來。只是在見凜家長時才發現，凜是姑姑的女兒，是自己的表妹。當下他只是覺得一切很荒唐，越想才越不安，最後選擇逃了。

阿公聽完，又問，想怎麼做？

文偉沒回應。如果他知道能怎麼做，又怎麼會那麼孬種跑回來跟阿公要錢，打算遠走高飛？

阿公跟文偉說了一個辦法。讓表妹把孩子拿掉，兩人結束感情，家裡的人都讓阿公打點過了，不會有人敢亂說的。

有沒有一個可能？我其實連阿爸的私生子都不是呢？

阿公搖頭，立卽否認了文偉所剩的期待。

現在同性都能結婚了。文偉說。

阿公凝視著他，只告訴他，你是大孫，以後整個醬缸事業都要交給你。

文偉黯然，瞥見阿公房裡電視機反射在窗上的畫面——正搬演著阿公最喜歡看的民視大戲。不謀而合。文偉以爲四合院爭風吃醋的場景、私生子回歸戲碼，已經足夠把自己的自傳寫成趣聞，沒想到還有後手。

文偉終於願意和凜坐下來談。

凜委屈地告訴他，自己眞的不是故意的。文偉其實不在乎。卽使一開始凜是別有用心，可相知相惜的交往，是眞實的，那就夠了。他沒有生氣，只是眼下的問題，一定要解決。

他將戲裡能演的，都模擬了一遍。

與家族絕裂、私奔、無視流言、另闢家園……都不是文偉的選擇。打掉孩子、嬰靈纏身、愧疚度日……也不是文偉擔心的。

相比文偉的嚴肅，凜看起來雲淡風輕許多，彷彿事情不是發生在自己身上般，甚至還有心情跟文偉說故事：

聽說，兩百年前的原住民，有貴族通婚的習俗。如果我們生在兩百年前，是不是就會被祝福了？

凜讀的是文史，交往時就很喜歡在文偉認眞思考別的事情時，說起遠古時代的原住民。可偏偏文偉是理組，夏商周就夠他背上整天了，哪還有多餘的心思去讀其他的。

還好凜算是理性的人，沒有哭喊著要文偉負責到底。於是，文偉和凜用了戲外解決的方式，了結這段感情，各自分飛，讓狗血的劇和平落幕。

文偉直到送凜上了飛機後，才又在機場的廁所裡哭了出來。

4

與凜的狗血劇結束後五年，姑姑的女兒「眞正」結婚了。

雖然有些不甘心，曾經共許未來的人那麼快就芳心另許，而他這五年來卻只有自己的左右手。但身爲娘家表哥，還是得出席的。

晚宴後，他聽見熟悉的聲音，喊他表哥，不是文偉。文偉是震驚又落寞的，但他很快正色回應，說了恭喜，新婚快樂。對方不願離去，顯然還有話說。可千萬別說啊，甚麼也別說，說再見就好，文偉在心底強烈呼喊。最後對方拿了張紙要給他看，文偉很好奇，紙裡會寫些甚麼。

遲疑片刻後，文偉沒有收下。

結束了也要瀟灑，絕對不能讓人知道他這五年只有左右手。

可那是文偉最後一次見到這對新人。

再次傳來的消息，是新人在蜜月的路上車禍身亡，姑姑哭到一口氣沒上來，心肌梗塞，搶救了大半個月後也走了。

開始有人謠言，是宗祠的風水不好，要阿公讓出宗祠地權來改建。阿公不肯，雙方僵持多年。文偉沒想過宗親會裡的人年紀都不小了，竟然還玩起熬死對方的戲碼。文偉身爲阿公的長孫，理當繼承宗親會事宜，沒意外的話，他能贏了這回合。有人不服，用了人脈搞了道路徵收的戲碼，派來怪手將宗祠的門挖去半邊，直嚷著下個月要來挖另外的半邊。

倒是一次挖完啊。文偉嗆聲。

自從表妹死後，姑姑一家再也沒人來參加圍爐，兩位叔叔也不知是怕自己遭殃還是怎樣，竟然置身事外。他們都相信，一連串的意外是來自於宗祠的詛咒。

阿公老了許多，將醬缸事業交到文偉這個外行人的手裡。文偉拒絕，他怕死了自己餘生還要留在四合院裡。阿公竟然說，隨他去搞，要頂讓也行。還問他，之前不是缺錢去旅行嗎，把產業賣一賣，就有錢了。可文偉沒這麼做，一來，他那時缺錢不是為了去旅行，如今也沒有逃離的必要了；二來，當初分手時，表妹就將當初兩人買房的錢還他了。

阿公堅決將所有產業過戶給文偉，並立下遺囑，頓時讓文偉成為衆矢之的。文偉一度認為，阿公是不是故意搞自己的，他根本不是自己的親阿公。兩位叔叔果然半分也沒拿到，圍爐乾脆也不出現了。堂叔堂伯就更不用說了，依向了宗親會，想用宗親會的名義逼阿公退位，但阿公早想好了，用文偉來熬死他們那些老人。

文偉又再一次被推上風口浪尖。

他很想離開四合院，越快越好，可阿公體力漸衰，他又不敢再回去曾與凜待過的城市，只能姑且躊躇著。

圍爐桌上很冷清，只有文偉和阿公。

那是凜離世後的第二年，離下一次怪手來挖牆還有三天。阿公挾了雞腿給文偉，一如往常，但文偉嚥不下去，他打算明天一早就帶阿公離開四合院。日前過戶的產權應該能賣不少錢，辭職後，他還能帶阿公遊山玩水一陣子。現在人流行房車旅行，他也想帶阿公去試試。至於宗祠，要拆就給他們拆吧，他受夠了那座神祖牌，還有搶著拜神祖牌的那些人。

文偉想起了凜當時跪在祠堂中的模樣，淚眼婆娑。交往時，他如何小心呵護，將凜寵上天，可不曾惹哭過她呢。那些百年見不到一面的叔公、伯公、堂叔甚麼的，竟然把她給罵哭了。

渾蛋！文偉咬牙罵。他罵的是自己。如果那時上演私奔的戲碼，他們的孩子也已七歲了，凜不會另嫁他人，更不會赴上死亡之途。他很懊悔，無時無刻都在懊悔。從小被看作是私生子，他本以為自己可以不在乎那些眼光，可臨頭時，他還選擇了讓凜墮胎，分手。渾蛋！

阿公出現在房內，打斷了文偉收拾行李的動作。

5

怪手如期來了，但沒有成功挖掉半邊的門。

那晚不管文偉如何半哄半騙，阿公都不願意離開四合院，還說死了也一定要在四合院裡死。從未見過如此執拗的老人，還是自己的阿公，又不能像之前剛出社會時那樣一走了之。自從阿公將產權過戶給文偉後，他便知道服侍阿公終老已成爲他的責任。

既然阿公不願走，文偉也只能暫時留下。

把怪手開來的人是堂叔的兒子，後面還跟著搖旗吶喊的啦啦親友隊，嚷著說宗祠裡有不好的東西，不挖掉，其他房都會絕子絕孫。

根本是來發洩的。文偉嗤之以鼻，他知道這些人是看著他名下財產而來的，希望吵著吵著就有糖吃。文偉一慣冷處理。可他也明白，他可以熬死宗親會的那些，但眼前開怪手的是比他年輕的小夥，到時誰熬死誰，眞的很難說。

不如把財產捐了吧，用阿公的名字成立基金會。文偉腦中閃過這樣的念頭，忍不住叫好。他也如實跟來人說了自己的想法，與其爭論不休，不如誰都沒有。怪手立卽停下，看來是認爲文偉以此要脅，要他們離開。可文偉眞的是想捐，不是要威脅談判的。

怪手開走了，又揚言下個月會再來。

文偉以身擋怪手的消息傳遍鄉里，他都不免覺得好笑了。

但文偉也不得不做下一步打算了。年後，阿公體力驟衰，別說出門了，連下床都需要人幫忙。文偉正式辭掉工作。自從和凜分手後，他調離總公司，到了南部，當初的婚房也賣了，已經沒有回去的理由。可如今，他連公司也待不下去了。彷彿離開所有與凜相關的過去，是對自己唯一的懲罰。

文偉眞的認眞規劃要成立基金會的事，他問阿公用甚麼名字好。其實文偉早有打算，可阿公卻說了個文偉從未聽過的名。

那是「番嫲」的名，就住在這。

阿公說這話時，眼神環顧房子一圈，彷彿在找誰。

文偉打了冷顫。聽說臨終之人，會看見異於尋常的事物。他想起昨晚阿公昏厥，他請來醫師，醫師叫他要做好準備。文偉本有打算將阿公送到醫院急救，但老醫師量了阿公脈搏後，表示阿公曾有意願要在四合院善終，陪伴「番嫲」。那是文偉第一次知道「番嫲」這個詞。也有人說番婆。老醫師解釋。又說過去一兩百年間，有不少山番或平地番跟閩客通婚，死後留於夫家。曾聽過有夫家感念其情，以番禮下葬。

甚麼是番禮下葬？文偉問，毛骨悚然感油然而生。老醫師笑笑，話說了一半就走了，留文偉自己胡思亂想了整夜。

如今看著阿公游移的目光，不斷在屋內環視，他更篤定了老醫師說的番禮下葬的可能。又想到那幾台來來去去的怪手，姑姑一家的喪命，兩位叔叔的劃清界線，對了，還有自己父親也是死於意外……

眞的那麼邪門嗎？文偉思忖許久。

不，他一點也不相信。

就老醫師所言，會用番禮下葬是因爲感念番婆對夫家的心意，那應該是值得在祖譜記上一筆的事，不該是詛咒。如果眞有詛咒，對文偉來說也是他放棄了與凜的感情，與番嬤無關。

文偉想到，如果他離開了，四合院一定會被那票人如願拆除。要是沒有挖到，就是損失了一座完整四合院，要是眞有遺址，詛咒之說便會傳開。到時候，會有人聽他解釋嗎？文偉甚至沒有更多文獻去證明，家族裡番嬤的說法，想必阿公也不盡然全知。

文偉恍然想起凜結婚那日遞給他的紙，他沒拿，後悔了。

到底紙裡寫了甚麼？凜曾經那麼愛說原住民的故事，是不是早就知道甚麼？或是在暗示他甚麼？文偉開始無止盡地胡思亂想，但所有的疑問，都不會再有人給他答案。

阿公告訴他，他是大孫，客家人最看重大孫。文偉也以大孫的身分，在叔叔和堂伯、堂叔面前耀武揚威了許久。可如今，他多希望自己不是大孫，只是番嬤的後代，如此，他是不是可以重新再愛凜一回？

阿公出殯那日，文偉以大孫身分替阿公引魂。不管事的叔叔們站在家屬答禮區，略盡子女之責。隔年阿公合爐後，四合院裡就再也沒有他們的事，各自拿著剩下的遺產，各奔東西，也不再有人三不五時吵著要開怪手來挖宗祠。

偌大的四合院只剩文偉一人。

他在想，要不要找個甚麼探測的儀器，將四合院裡裡外外都探測一遍……

甜粄

1

身後的腳步聲雜沓而至，越來越急促；手電筒的光亮追著阿哲的影子，在每一處黑暗裡閃爍晃動，彷彿一晃眼，便有千萬大軍出現在面前。

他躲在汽車底盤下，看著那些來回走動的腳步，將身子越縮越小。不知是誰的手電筒倏地落在了地上，一個粗壯的影子往地面壓低，路燈將影子拉進了底盤裡。

他屏息，不敢喘氣。

「這死小孩，竟然偷了老子的錢。」那人撿了手電筒後，十分憤怒，「找到沒有？」

眾人又在附近繞了數圈，便有人說，「他有一個弟弟，去把他弟弟抓來問好了。」接著吆喝著眾人，離開了阿哲的視線。

確定四周安靜無人後，阿哲爬出底盤，腦裡迴盪著那些人離去前說的話，心跳聲急劇加大。

那是阿哲第一回偷錢，十二歲。偷的錢是不知名KTV包廂裡某團客人的錢，那些人凶神惡煞，可偷錢的那一刻，他沒有半點猶豫。阿哲曾有想過要把錢還給他們，但想到弟弟哭鬧著肚子餓的模樣，便又打消了念頭。他捏緊偷來的錢，拽著自己的口袋，一時間不知道該不該先回去找弟弟，將弟弟也帶出來，一起逃。恍神中，他已經到了火車站。偷來的錢其實並不多，他用那些錢買了一張車票，貼近一對夫妻身後，進了月台，坐上了開往屏東的最後一班火車。

阿哲要回屏東找阿公，爲了弟弟，也爲了自己。這是他目前唯一的念頭。恐慌與不安的心情，隨著火車的南行，不知不覺安定了下來。

夜裡的車窗外沒有半點風景，過了高屏鐵橋更是如此。大片的黑幕中透著些微冷風，冷風帶來青草與泥土的氣味。阿哲知道，屏東到了。在屏東的月台上換乘了普通號，普通號的車窗是能向上拉開的，左右兩排硬皮的座椅面面相對；可現在列車上並沒有半個人，他相對的前方，只是一片快速閃過風景的窗。

鎮安車站的月台沒有雨棚，下了火車，就是大片的農田，兩側彼端連接著錯落的老屋。但從鎮安車站開始，阿哲還得走上將近兩小時的路，雖然一路上沒有太多蜿蜒的路，但要穿過竹林、國三高架橋，才能到新埤。路徑狹小，許多都是沒有鋪過柏油的產業道路，兩旁的水田剛放完水，還沒有種下新的秧苗，接近竹林時會有許多蓮霧園。記憶裡，阿公常帶他來這裡給人做工，一做就是整日，所以附近的田間小徑對阿哲來說，比起大路，還要熟悉。

終於走過了新埤外的台一線道，進入新埤村，還要再走一段，才會到阿公家。

阿公家的老屋是阿公早年自己砌成的，牆面簡陋的水泥是唯一阻擋寒風的哨站，大門只用一片鐵板當作門閂，穿過左右兩端的牆孔裡。

走到阿公家時，天已經微微亮。

阿公屋內的黑狗嗅到了阿哲的氣味，搖起尾巴，尾巴打在鐵板上，發出咚咚咚的聲響。聲響引來屋內人的動靜，門一開，人影透著晨曦的光芒，映在他模糊的視線裡。

阿公。阿哲唯唯諾諾地喊了聲，聲音只在自己的唇上開合。

阿公看見突然出現的阿哲，很驚訝，但眼神轉瞬就平靜了下去，他看了看屋內，推著阿哲的肩膀往外走，邊提醒，不要吵醒還在熟睡的阿嬤。阿哲點頭，依偎在阿公的身旁。終於來到離家幾步遠之後，阿公才問阿哲，他爲什麼會獨自前來？隨後仰頭，尋找著其他人的身影，「你阿姆同老弟呢？」

阿哲不敢告訴阿公，自己是用甚麼方法回來的。

見阿哲一味哽咽，始終不說話，阿公也沒再勉強，看了看村子頭一眼，便帶他走到一家粄條店前，先塡飽肚子再說。

阿公的早餐是一碗粄條加一塊甜粄。

老闆娘是前老闆的媳婦，剛接下麵攤的時候口味是有些不一樣的，但經過幾年村裡人的建議後，現在姑且不說口味是不是如同既往，但至少是村子裡被人稱讚的口味了。麵攤外擺著甜粄的小攤，是隔壁婦人寄賣的，早上現做。一般來說，甜粄是過年時才會有的，但因爲阿公愛吃，婦人都會特地多做一塊甜粄。

晨光越來越明亮，貼著牆面，灑進店門口。

店裡的牆面就跟阿公家的水泥牆很像，沒有油漆，也沒有磁磚；角落的牆面上還有斑剝脫落的石塊，就掉在瓦斯桶下方，沒人在意。瓦斯桶上掛著一疊日曆，已經泛黃，日期早不知是過了多少年，一樣沒人在意。

隨著煮粄條的滾水聲，世界宛若正要甦醒。

門口立著一座簡易的木頭櫥窗，櫥窗外有一層綠色的鐵網，阻絕蒼蠅的肆虐；可當阿公拉開櫥窗時，蒼蠅還是趁亂鑽了進去。

「豬耳公好無？」阿公邊說，已經將一塊豬耳朵挾進碗公裡。

疊在滾水邊的碗公還滴著水珠，老闆娘拿起碗公甩掉水珠，俐落地將滾水裡的粄條撈起，粄條在半空中跳躍，隨後落進碗公裡。

油蔥酥罐上的蓋子總是流著油，還有不知道是哪個客人留在上頭的一口粄條；阿公撥開油蔥酥上盤旋的蒼蠅，又將辣椒和烏醋推在阿哲的面前，說，「加該个當好食喔。」阿公總喜歡在粄條裡加滿烏醋，任憑著醋酸味瀰漫。

剛點的豬耳朵正從滾水裡浮起。老闆娘才送上來，阿公就將大半的豬耳朵挾進阿哲的碗裡。

好餓，真的好餓。當下他只有這樣的念頭，便狼吞虎嚥起來。

阿公跟老闆娘聊了些甚麼，阿哲完全沒有注意，左不過都是一些閒話家常，說甚麼阿公以前做的甜粄是村裡最好吃的，那隔壁婦人要不是有阿公眞傳，生意哪有辦法那麼好。阿公總是笑笑，說自己老了，每天都有一塊甜粄吃就好，還說以前的人要吃一塊甜粄都得過年，現在能每天都吃，那不就是天天過年嗎？老闆娘聽了哈哈笑，說阿公是傻人有傻福，經營了半輩子的甜粄，兒子不接，便頂讓給村裡的人去做。

「有人愛做就好。」阿公如此說。然後又說兒子有自己的想法，這種傳統甜粄除了在小村子裡賣，還得有年節，平日實在沒有銷路。

關於阿公做甜粄的事，阿哲從小聽到大了，村裡人總不厭其煩反覆說著同樣的事，如不斷回播的伴唱帶那樣，說的人說不膩，聽的人也聽不煩。但阿哲也不太去管那些，只是專注吃著眼前的粄條，喔，還有那塊聽說得到阿公眞傳的甜粄。

眞甜。阿哲邊咬邊想。

老闆娘又送來另一盤小菜，看見阿哲吃得津津有味，問起了他。

阿哲父母正處於兵戎交戰的階段，他與弟二人總有天會分開。這是阿哲目前所能理解的現狀。阿哲的突然到來讓老闆娘嗅到了八卦，巴著阿公不斷問阿哲父母官司打得如何了。村莊人少，哪家兒子女兒做了甚麼事，都逃不過粄條店老闆娘的那雙眼。

阿公也是笑笑，四兩撥千金打發了。但隨後趁著老闆娘去忙時，阿公問了阿哲，爲什麼自己回來屏東。聽到阿公的話，阿哲的情緒就像是被開了閘門那樣，一擁而出。嘴裡的粄條還有一半咬不斷，跟著語無倫次的聲音泡在湯水裡，鼻涕更順著麵條滑出碗外。

阿哲邊吃，邊哭，邊說。

也不知阿公到底聽清楚了哪些話，他哄著阿哲，可他哄的話阿哲也沒聽清楚。阿哲的聲音，壓過了店裡所有的寧靜。

阿哲開始從自己爲什麼逃家，爲什麼偷錢，又是怎麼坐上火車，走了多久才到阿公家……他沒有隱瞞全說了。阿公皺著眉，露出心疼。沉默許久後，叮嚀阿哲，別和阿嬤說自己逃家的事。

阿哲不明白，抬著頭想問時，眼淚掉進了還未闔起蓋子的油蔥酥裡頭。

後來，阿公果然騙阿嬤說阿哲是因爲學校放假，媽媽讓他回鄉下度假的。阿嬤沒讀過書，不知道學校暑假到底確切從甚麼時候開始，只是正好也進入了夏季，也就相信了。

那幾天裡，阿哲常看到阿公背著阿嬤接到媽媽的電話。

阿公的臉色很凝重，話語間，他不認爲阿哲偷錢是種罪大惡極的事，反而責怪媽媽放兩個孩子在家，有一餐沒一餐餓著肚子，甚至揚言也要去把阿哲弟弟帶回屏東。媽媽也不甘示弱，以扶養權要脅，說阿哲爸爸是絕對告不過她的，到時，她就帶著兩孩子遠走高飛，甚至跟屏東阿公阿嬤斷絕往來。

阿公氣得掛了電話。

某次，阿公在說完電話後又問了阿哲關於車票的事情。

阿哲已經跟阿公如實交代始末，以爲那些人去找了媽媽或弟弟的麻煩，於是趕忙解釋，「𠊎做得來去賺錢還分佢兜。」

「阿哲，偷錢係毋著个，你知無？」阿公的聲音帶著嚴厲，但他看著阿哲的神情卻很和緩。

「𠊎毋係故意个。」

「阿公知。」

阿公說得很平靜，沒有一絲責備。但後來阿公卻說過幾天會有人來帶他回台北，阿哲以爲阿公是生氣了，要把他送走，便開始哭鬧。可後來不論阿哲如何哭鬧，阿公都只說那一句，「阿公知。」

後來，來接阿哲回去的不是媽媽，而是地區的警察。

阿公起先是跟警察起了一些摩擦，可後來警察們說起「少年輔育院」之類的事情，阿公憤怒的臉孔上，漸漸只剩下無盡的失落。阿公看來是要把阿哲交給警察了，他有種深深被背叛的挫折。阿嬤比阿哲還要生阿公的氣，在警車外拚命打著阿公的肩膀，哭著要把他留下來。

阿哲別過頭，不想再看阿公。

就在警車即將啟動時，阿公從口袋裡拿出幾張鈔票，無視阿哲的冷漠，依舊將錢塞進阿哲的手裡。

「阿哲，你愛記得，歸去个時節將錢還分該兜阿叔，愛同人會失禮，知無？」說完又從另一個口袋，拿出兩張鈔票，小心翼翼摺成對半，外頭仔細地包著一張泛黃的紙，自顧自地塞進阿哲的包包裡，「這你收好，下二擺，帶老弟共下來，曉得無？」

警車啟動，引擎聲裡，阿哲似乎還聽見阿公說了一句：

阿公等你——

2

爸媽終於談好離婚了，弟弟屬於媽，阿哲屬於爸。但對阿哲來說，他並不想屬於誰，如果能選，他想回屏東。阿公給他的錢還被他藏在背包裡，從沒拿出來過。

回媽家整理行李時，外公外婆又來了，一樣用著嫌棄的眼神打量著阿哲。自從爸媽談離婚開始，阿哲和弟弟被媽帶上了台北，寄居在外公外婆家。他本以爲，外公外婆會如屏東的阿公阿嬤一樣，疼愛他們。事實不是如此。外公外婆打從媽與爸結婚時，就十分不贊同，爲了懲罰媽當初執意出嫁而導致的錯，他們將一切怪罪在阿哲和弟的身上。尤其是阿哲，因爲媽是帶球嫁的，懷的就是他。

就是那日，外公接到爸談離婚的電話起了爭執，怒火難消時便將氣出在阿哲和弟弟身上。整日下來，不給一頓飯吃。阿哲能忍，但弟弟還小，餓哭了，又哭著哭著睡著了。趁著弟弟入睡，阿哲偷了錢，可錢不多，只夠買一張火車票，不得已他丟下弟弟，獨自搭著夜車回到屏東。那一刻，他很膽小，只想找個地方躲。但沒想到，阿公也將自己送上警車，即使安慰他，警察是來帶他回去媽身邊的，對阿哲來說，是連僅剩的阿公也不要自己了。

阿公跟爸的關係也很微妙，因爲爸不願繼承甜粿手藝，自己去鹿港拜師開店，也做粿，卻不是阿公甜粄的味道。

阿哲吃過阿公做的甜粄，確實跟粄條店前賣的甜粄一樣。

來到爸家後，阿哲發現自己多了個媽，媽的肚子裡有小妹。飯桌上，阿哲宛如外人。曾有念頭想再逃回屏東阿公家，但想到阿公送自己上警車的模樣，就讓他打消了念頭。

後媽生了小妹後，阿哲也升上國中，交了女朋友，卻被爸和後媽聯合制止了。理由是，學生不應該談戀愛耽誤課業，爸還特地說，未來他這家店是要留給阿哲的，由此來叫他爭氣點。

「狗屁！」阿哲砸壞了書桌，奪門而出。

那夜他就在街上遊蕩，本想幹點壞事，再去偷點甚麼，但想起了阿公曾告訴他偷錢是不對的。哪裡不對？阿哲不服氣，蹲在便利商店前不斷盤算著要怎麼偷錢，可直到天明，他仍然沒有動手。

看著天亮起，阿哲才感覺到睡意，拖著腳步回家，也不看爸的臭臉，回房倒頭就睡。爸在門外又敲又罵，被後媽勸阻了幾次，後來是看在不想吵醒小妹的原因上，姑且饒過他的。

阿哲連續幾日都藉口不舒服，不去學校，沒想到，小女友竟然也將他視爲麻煩一枚。

小女友來到他床前，本是讓人開心的事，結果小女友一開口，就是要跟阿哲分手。理由當然就是，她不想只有愛情沒有麵包，還說了一堆愛情麵包的理論勸導阿哲。

阿哲聽得火都來了，直接將小女友罵了出去。

「破麻。」一句話，徹底斷了他的青春戀愛。

國三那年，弟犯了事，真的進了少年觀護所。爲此爸和媽在離婚後，久違坐在一個空間裡。但也不是甚麼和諧的場面，說的都是難聽的話。阿哲坐在中間，多想現在進少年觀護所的人也有自己，至少耳根子清靜一些。

爸媽幾番爭論後，竟然又打起了阿哲的主意。

「我生病了，我想要阿哲回來。」這話是媽說的，還拿出自己癌症診斷的證明。對於搶走阿哲，志在必得。但其實媽大可不必如此，好歹也是夫妻一場，爸不會眼睜睜看著媽去死的。但要搶走阿哲，免談。

於是又吵了起來。

不知又過了多久，阿哲聽得耳朵都要麻痺時，爸媽做了一個決議。阿哲高中三年給媽養，三年後，回到爸身邊，準備接管爸經營的甜粄店。爸還替自己的甜粄店取了個啼笑皆非的名——新生。

完全沒有徵求阿哲同意，他又成了協議書上的籌碼。

不過阿哲想的倒是另一件事。

高中三年給媽，那就代表，他可以不再受爸和後媽的管束和嘮叨了，這倒也是好事。聽弟說，他給媽帶的這些年，媽都不管他，就是因爲都不管，所以現在人在少年觀護所了。

阿哲想，他也要去少年觀護所，他要遠離這個世界的所有，媽、爸、小女友……通通無視他的，連阿公也是。

3

說幹就幹！

阿哲再次坐在便利商店前。

這回他是有備而來，找了報紙和新聞，模擬許多搶劫案成功和失敗的案例。阿哲是有明確目的的，不是真想作惡，所以得好好盤算，鬧出多少動靜可以剛好進少年觀護所一段時間。把觀護所當成唯一的避風港，他從未想過自己還如此年輕，就得把人生過到走投無路。可阿哲很清楚，不這麼做，瘋掉的會是自己。

坐在便利商店前的戶外藤椅上已經許久，阿哲顫抖著手抽了第三支菸。那是他第一次抽菸，連買菸的年紀都還不到，菸還是學長的。他用替人抄一個禮拜的作業換來。甫入高中，爸和媽的契約便開始執行，阿哲轉到了私校，裡頭總有辦法弄到一些菸酒。

再抽第四支菸時阿哲已經覺得有些受不了，菸太嗆，酒太烈，至少對現在的他而言，那都還是陌生的東西。

抽完這支菸就幹吧！阿哲心裡想，另隻手掏著口袋裡的蝴蝶刀。網購來的，很便宜，剛開封時還發現了瑕疵，但阿哲也不是真要傷人，能嚇到人就好，也因此沒有將刀退回。

踩熄菸。跟學長的姿勢很像，腳尖還刻意轉了轉，確定星火熄滅。又突然覺得自己這樣的行爲很蠢，要幹大事的人，怎麼會在乎這種熄菸的小節呢？呵，眞是好笑。阿哲調整好自己的情緒，看準了商店裡正在値班的學生妹。這當然也是站崗幾日所挑出的時段，學生妹看起來跟國中時交的小女友一樣，弱弱小小，受人憐憫。就當作一次報復，去嚇嚇這種外表看著弱不禁風的小女生，消消當初被無情分手的氣。過過乾癮也好。

阿哲起身，邁步進超商，他知道自己將無回頭路。

即將走近超商的電動門時，玻璃門反射了一道行走倉皇卻又緩慢的人影，背上還揹著一個麻布袋。阿哲不得不停下腳步，盯著玻璃門上的人影。玻璃門因爲感應到了人，開了又闔，闔了又開。

阿哲仍站在門口。

店員發現他擋路了，出來好聲叫了他。阿哲沒仔細聽那女學生說了甚麼，不過他記得女學生的聲音很好聽，軟綿綿的，讓人喜歡。可他當下沒注意太多，而是轉頭追了那道消失的人影而去。

人影走進媽家的巷子裡，停在老舊的公寓下，壓了壓鈴。

阿哲不敢靠近，甚至壓抑著呼吸聲，深怕被那人知道了自己。卽使再遙遠，阿哲也看得出來，那是屏東的阿公。阿公來找他了。阿哲相信，他沒有被拋棄，這個世界還有一處能容下他。

他不需要去少年觀護所來埋葬自己的人生了。

阿哲提步上前，想叫阿公，可在那之前，門鈴對講機傳出聲音。是媽的聲音。

「你分俚看看佢好無？」

「不行，我不可能再讓他回屏東，阿哲是我兒子，我要死了，至少要有兒子在我身邊。」

阿哲看見阿公老淚縱橫，聽見媽說的話更是沒來由地憤怒，他想上前帶走阿公，或跟阿公一起走，但媽又說，「我眞的要死了，要不是你兒子，我的人生不會如此，我現在只是想要一個兒子陪我，就兩年，兩年後，就把阿哲還你們。」

阿哲第一次聽見媽的語氣如此懇求，他心軟了，可轉念想，媽憑甚麼？憑甚麼因爲自己過得不好，就要拉另一個人陪葬？阿哲不懂。只是因爲他身爲兒子？

阿公似乎同意了，點點頭，又扛起麻布袋，緩步離開。

阿哲偷偷追出巷口，想叫聲阿公，卻想起手裡握著的蝴蝶刀，想起自己剛剛想做的事。我在幹嘛！我到底在幹嘛？阿哲覺得自己太可恥，沒臉見人。他躲在附近的巷子裡，原本要拿來幹壞事的蝴蝶刀被他握在掌心裡，割出滴滴鮮血。

他哭，又自哀自憐。

一聲柔軟的女音從頭頂傳來，見他手握鮮血，嚇得退了幾步，可最後仍沒有丟下他一人。還好沒有。阿哲好多年後才如此慶幸。女孩替他包紮了手，還替他擦乾淨蝴蝶刀上的血，重新遞回給他。

高中沒有畢業，媽就真的死了。媽死後的那個暑假，阿哲便跟女孩一起休學了，帶著未出世的孩子搬到高雄來。

他告訴自己，總有一天要光明正大回屏東，看阿公。

可年少近十年的歲月裡，他沒有回過屏東老家。只是偶爾在午後陣雨前，想著自己頭上的雨雲，會不會越過大武山脈，下到了阿公的田裡。

十年間，爸不曾間斷地要阿哲去接管自己的新生粄舖，威脅利誘，甚至揚言要斷絕與阿哲的父子關係。阿哲總是那句話回堵爸，「當初阿公要你留在屏東接甜粄舖，你也沒有，憑甚麼我要接你的粄舖？」

阿哲這麼說時，總能讓爸自慚形穢一陣子，但一陣子過後，爸還是故態復萌，甚至把主意打在了阿哲兒子的身上。阿哲於是憤而將兒子改從妻姓，放話說，自己的兒子，從此將與這個家族沒有關係，爲了氣爸，兒子的彌月禮用的是西式蛋糕。那確實讓爸氣得不輕，阿哲也因此安靜了幾個月。

高中肄業後阿哲並沒有完全放棄學業，只是換了個方式生活，他在蛋糕店打工，夜間完成剩下的學業。後來受店長重視，提拔成店裡的蛋糕學徒，又一路做到了蛋糕師傅。

爸起初還因爲阿哲入了餐飲一行而高興一陣子，但隔行如隔山，自從他發現阿哲做的是西點後，氣到不只中風一次。後媽好說歹說，讓阿哲不要跟爸針鋒相對，又說那句，「怎麼說你們也是父子。」但後媽不知道，說甚麼都可以，即使來求阿哲要他心疼爸一點都可以，但就是不能說因爲他們是父子，就可以如何如何。

阿哲不吃那一套的。

爸中風兩次後，總算消停了大半年，不再煩阿哲關於新生粄舖的事。

阿哲多出了不少時間，開始懷念起阿公做的甜粄。

終於成爲正式的蛋糕師傅後，他想，是時候了。

該回去看阿公了。

行前那日，阿哲將自己小時候唯一和阿公合照的相片收入行李箱中，妻也過來幫忙，無意間看見了照片。妻驚呼說自己看過阿公，是當初在巷口便利商店打工時，阿公曾到便利商店裡問路。妻還好奇過阿公布袋裡的東西是甚麼。結果是甚麼？阿哲也很好奇。

是我自己做的甜粄，想說台北人應該沒吃過，我做一點拿上來賣，湊些火車錢。我想拿幾塊給我孫子吃，妹妹妳要不要吃看看？我們客家的甜粄喔，以前要年節才吃得到，有獨門秘方的。

妻轉述著，阿哲彷彿自己也聽過了這段話。

阿哲終於帶著妻、兒子榮歸故里，許多認識他的鄉親都來找他話家常，訴說這些年阿公阿嬤兩老在鄉下如何如何，村長換了誰，村裡甚麼建設改建了……聽著鄰居一言一語，阿哲拼湊出這十年來，不曾回來過的家鄉的過往。

只能如此了，因爲阿哲再也無法從阿公那聽到更多。

阿公見到阿哲，喊的不是阿哲的名，是爸的名。那瞬間，阿哲紅眶泛淚。聽鄰居描述，阿公在幾年前就有失智的症狀，阿嬤照顧操勞，年前被姑姑送去了養老院。阿公鬧著脾氣不肯走，只能暫且請看護到家裡全日照護。

阿公不只將阿哲認成了爸，還將阿哲的兒子認成了阿哲，摸著阿哲兒子的頭，笑容很開懷，直說自己有孫子了。

天倫之樂沒能享受太久，阿公彷彿就是在等阿哲到來那樣，沒半個月，體力開始驟降，神智更加不清楚。

偶爾清醒時，他喊爸的名，將阿哲叫來床前。說的都是陳年舊事，不是爸小時候的糗事，就是爸出社會後的叛逆。從阿公敍述中，阿哲得知爸也與自己一樣，曾叛逆離家，未婚生子，而生下的孩子，便是阿哲。

阿公又埋怨，爸不接他的事業，還笑甜粄只是你們客家人在吃，現在的人都很養生了，不吃那些東西。言語間，阿哲感覺得出來爸曾是如何激怒阿公的，而阿公又如何反覆轉述記憶裡殘存的遺憾。

某日阿公又犯了老病，不只不認人，還動手打人。

阿哲蹲在阿公床前，安撫著阿公說，「佢知，佢會接下若个粄店。」他沒想到自己只是用來應付阿公的話，成了與阿公的最後一句承諾。他本來並未有所打算，可阿公走了，便讓他不得不耿耿於懷。

4

阿公辦喪那幾日，爸也回來了，撐著拐杖而來，顯然之前被阿哲氣的後遺症還在。阿哲如今沒有了當初的氣焰，想著阿公彌留時不斷喊著爸的名，傳承似乎變成了一種詛咒，他不免想，未來會不會也被自己的兒子氣進棺材裡。

爸在靈堂上半滴眼淚也沒有，只是沉默地燒著紙錢，心緒很差，昏厥了數次。有時喃喃自語，可點起香後，對著阿公的靈堂又說不出半句話來。直到手裡的香燃過了半，才插到香爐裡，接著又坐回輪椅上，唉聲嘆氣。

爸這副要死不活的模樣，阿哲看得很厭煩。可靈堂上他不想讓阿公的靈無法安息，且他想，阿公心裡最在乎的人，應該也還是爸。

出殯前一日，阿哲想讓阿公再嘗嘗心心念念的甜粄，便要到粄條店旁的婦人家訂一組甜粄。禮儀師說，未來一年家裡不可過節，所以出殯那日要先把整年的節過一過，過年用的甜粄、清明用的鹹粄、端午用的紅粄、七月用的芋粄……都要先準備好。

粄條店沒開，阿哲在門外喊了一陣，才看見老闆娘走了出來。

老闆娘說自己身體不太好，現在沒有每天開，只有村裡檳榔期的五月到九月，才會做得比較勤奮。阿哲說自己不是要吃粄條的，是要找隔壁做甜粄的婦人。

老闆娘面有難色，說婦人幾年前就被子女接到北部了，好些年沒有回來村裡，聽說年前人就走了。

阿哲悵然，只能問還有甚麼地方可以買到相似的甜粄。

老闆娘說，這附近村子的甜粄早些年都是阿哲阿公做的，阿公沒有傳人，便將手藝傳給婦人，現在婦人也走了，當然就沒有相似的甜粄了。

阿哲最後還是沒買到相似的甜粄，只能用禮儀師去賣場買來的工廠式的甜粄作爲祭品，送走了阿公。他不禁想，阿公若地下有知，一定氣死了！不過阿公最氣的應該會是爸，爸隨著阿公腳後，沒半年也跟著走了。

爸的新生粄舖收起，再無繼人，如阿公的甜粄舖一樣。

後媽不會管事，爸的粄舖要頂讓前請阿哲回去處理帳務，阿哲意外發現，爸一直嫌棄阿公的甜粄舖沒人吃，結果自己經營半輩子的粄舖也是負債連連，還死要面子撐著。

後媽給阿哲的除了帳本，還有一份泛黃四邊破碎的紙。

阿哲對這張紙好似有印象。

收拾完爸的粄舖後，阿哲將頂讓和還款的錢結算給了後媽，從此便與她再無往來。唯一從爸那拿走的，是那張泛黃的紙。

不知不覺，他常捏著那張紙，想著記憶裡的某個片段，但每次快想起時，晃眼又遺忘了。

不久，麵包店成立分店，阿哲成為連鎖麵包店的師傅，開始有了些小名氣。

他終於想起那張紙的來歷了。

那日店休，阿哲回去台北媽家、台中爸家將自己過去的東西翻了個遍。甚麼也沒有。最後是在自己高雄的家找到了。當初他偷了錢獨自回屏東找阿公那時所揹的包包。他記得阿公塞了錢給他，包著錢的也是如同這張泛黃的紙。

檯燈微弱的光下，阿哲將兩張紙攤了開來。

看得出來，阿公的紙跟爸的紙都是同一本書寫紙撕下來的。字跡有些不同。阿公的紙上寫著甜粄的比例和配方，爸的紙上除了原有的比例和配方外，更多了時間測試和溫度計量的實驗結果，此外，還有爸依著原配方比例，自己改良成多樣多色的甜粄。

甜粄，在爸的粄舖裡不再是傳統的客家甜粿，因此才會取名——新生。

阿哲恍然大悟，又想起與阿公承諾過的。他環顧起這間屬於他的，時尚的，流行的，有名氣的麵包店。新式麵包店與阿公的甜粄舖、爸的新生粄舖，似乎有些差距。但阿哲想，既然承諾了，還是該做些甚麼才是。

爸從阿公那拿到了配方，改良成了新品，而他接下來，又會憑著自己所學如何改變甜粄的形式？阿哲茫然，也沒有答案。不過他想，傳統的流失如果是必然的，可至少，傳承的精神會在。他如此相信。

這場明爭暗鬥，阿公、爸、阿哲，誰也沒有勝利。

阿婆

1

即使雨天，阿婆也要出去擺攤。

阿婆總是說，養大筱云兩姊妹不容易，幾乎要折騰掉她的後半生。阿婆說的是誇大了點，但筱云完全能理解阿婆三不五時的埋怨。總歸都是她和妹妹的錯，讓本該安享晚年、享受子孫滿堂承歡膝下的阿婆，還得跟年輕人、中年人一樣在市場裡吆喝奔波。

筱云能體諒阿婆的辛苦，會主動承擔家務，功課寫完時，也會趕到阿婆所在的市場去幫忙收攤。

阿婆是老了，擺攤收攤的速度都比人家慢許多。靠山區的市場容易午後大雨，阿婆常來不及收攤，淋了整身濕。通常阿婆天未亮就得準備出攤，那時筱云和妹妹都還在熟睡，她們得自己起床梳洗，上學。上學走的路會經過阿婆擺攤的市場，她會拿一份早餐給阿婆。阿婆總說不用，自己吃過了，但筱云不相信，把饅頭匆匆塞給阿婆後，她轉身就跑。

六七點市場開始擁入人潮，八點左右市場最擁擠。那時筱云正在教室裡讀著國語課本，唸著生詞，她會很仔細聽著戶外傳來的叫賣聲，阿婆隔壁賣膏藥的會在收攤前拿起大聲公做最後促銷，把整條街的人都呼喊到自己攤前。筱云聽著膏藥老闆的吆喝，心想阿婆應該再不久就能收攤回家了。

不過阿婆的工作還沒結束，在收完攤之後，得騎著鐵牛車到中盤那批些新的水果。早年還未能買鐵牛車時，阿婆是在摩托車座後掛上犁阿卡。阿婆的犁阿卡也是她們家唯一的交通工具，連筱云小時候去看病時都是坐犁阿卡去的。她還曾因此被班上的同學嘲笑，說她阿婆犁阿卡上的牛糞掉了滿地都是，害得戶外打掃區的同學花了兩節課才掃起來。

妳們家爲什麼不買車？車很方便啊。有些同學會故意問她。筱云一概不予回應，轉身就走。

阿婆常說，以前他們祖先來得比河洛人晚，所以都是挨著山建村的，筱云家也是如此。但筱云並非他們所說的「正統」客家人，她有著大大的圓眼睛，黝黑的皮膚，常有人戲笑她是女番仔。在後來的課本裡，筱云讀到了她與阿婆所住的村莊，是六堆中的左堆，而她很特別，是來自於左堆中的番庄，被叫作餉潭村。她總會用紅筆將餉潭村跟所謂的客庄分隔開來。才不跟你們一樣！筱云如此生氣不只一回。但每次想到阿婆，她又心軟了，紅筆劃出的那條線，彷彿無法從她身上抹去般。

筱云總是想，阿婆爲什麼不怕人說呢？

筱云不是阿婆眞正的外孫女。

阿婆說，客家人重內輕外，女孩子外嫁之後，都是屬於夫家的人，所以外孫一輩的在客家的族譜上都是不記名的。筱云的媽媽小時候就來到阿婆家，本該是做阿婆的童養媳，陰錯陽差成了阿婆的義女。總之，就是媽與爸無緣。媽既然成爲阿婆的義女，所生的女兒，筱云，自然也就成爲阿婆的外孫女。只不過外孫地位已經夠低，更何況是她這種沒有血緣關係的外孫女。

每次圍爐時，她都會深感自己的無所適從，不能入廳祭祀，不能上桌共食，只能在戶外的涼亭裡吃著阿婆提前爲她準備的飯菜。鐵盒裡的滷蛋就象徵她那一年的「團圓」。筱云不喜歡圍爐，希望每年都不要有過年，但妹妹需要，妹妹是媽與爸的孩子，就本質上來說，可以算是內孫女。

筱云越想越氣，又將社會課本拿了出來，畫上一筆一筆紅線，當作洩憤。

大人的關係筱云並不在乎，只是妹妹出生時，阿婆狠狠打了爸，還罵他是畜生。爸則理直氣壯，說媽本來就該嫁給他，是媽做了叛徒，跟人跑了，現在只不過物歸原主。

那晚，筱云躲在被窩裡聽著好幾個大人的爭吵，她緊抱著懷裡阿婆做給她的布娃娃，那是她僅有的。

最後媽走了，爸也走了，只留下阿婆、筱云，還有妹妹。

阿婆把犁阿卡換成鐵牛車兩年，筱云讀高中了。村裡沒有高中，只能每天坐車到隔壁鎮去就讀，她再也無法聽賣藥老闆的吆喝聲，計算著阿婆收攤的時間。也大概是那年，爸回來了，帶了滿身債務。

阿婆好不容易存的錢，敵不過一次次上門討債的坑。

那坑，就是爸挖的。

2

筱云很討厭滿身酒氣、整日醉倒在躺椅上的爸，更何況，那也不是她親生爸爸。她無視爸的存在，一次次從醉酒的人面前走過。爸對筱云的冷漠很反感，好幾回趁筱云轉過身時，砸來酒瓶。

幾次砸中了筱云，在她身上造成傷口。阿婆替筱云換藥時，會好言相勸，勸她不要太激怒爸，說爸一個大男人，生意失敗已經很挫折，又欠了一屁股債，臉都丟光了，正是需要家人的時候，讓筱云別太計較。

他不是我爸。筱云幾次都想脫口而出，可看到阿婆風霜的臉，只能又吞了回去。要不是看在阿婆的面子上，她一定將酒瓶砸回去的！筱云不只一次用這樣的方式說服自己。

但筱云和爸的僵局一觸卽發。

爸依舊三天兩頭就找筱云麻煩，筱云不想忍了，她回手撥開爸，已經醉得東倒西歪的爸正巧摔在自己砸破的酒瓶上。這回，換爸割出滿身傷了。筱云覺得自己勝了一局，很滿意。果然對付無理暴力的人，最好的方式就是反抗！

自從那次筱云學會反抗後，她幾乎不再忍受爸的怒罵和羞辱，開始與爸針鋒相對。阿婆夾在兩人中間，想當和事佬卻根本打不過一個年輕憤怒的女孩和一個傲慢的中年醉漢。

阿婆在推擠中，跌斷了腿。

筱云終於冷靜了下來，雖然禍不是她闖的，但她難辭其咎。讓阿婆遭殃，她百般內疚。剛好正值高二暑假，她跟阿婆說自己要替她去出攤，至於那個想醉死在家裡的爸，就讓他繼續渾噩度日吧。筱云沒有多餘的心思再去跟那種人吵了。

醫師說阿婆至少要住院兩個禮拜，膝蓋關節已經損壞，最好是換新的人工關節。阿婆直說自己年紀大了，花那些治療的錢都是浪費，要存給筱云姊妹倆。筱云回頭就拿了阿婆的存款簿，將裡頭僅剩的十三萬領了四萬出來。不知道夠不夠付阿婆的檢查和治療，但她肯定，這些錢怎麼說也不能落在爸的手裡。

門外討債的人三兩天就來走一回，其中一個討債小夥很喜歡戲弄筱云，說她只要跟了他，他就幫她付了爸欠下的錢。萬念俱灰時，筱云不是沒動念過。只是爸不斷借款賭博喝酒，欠下的積蓄只會越來越多；現在是她，未來難以保證不會輪到妹。

最根本的方法，就是斷了爸的念頭，不然就是將他趕出這個家。

阿婆開刀後終日臥床，由妹照顧起居，筱云趁著暑假趕緊多跑幾攤。這個家的每個人都在努力生活，要度過難關，唯有鬧事的爸成天無所事事，讓自己醉得不省人事。

爸很少針對妹發脾氣，筱云認為那是因為妹是爸親女兒的關係吧，而她這個「無父無母」只有阿婆的外孫女，自然要比別人多吃一些苦。筱云是有些抱怨，但從沒有自暴自棄，她看得清自己該做些甚麼。

又是一個下雨天，筱云先把去中盤那批來的水果放到鐵牛車上，再收拾鐵架和傘，天還沒全亮筱云已經把攤打好。附近攤販稀稀落落，東邊飄來的雲還很厚，看來又得下整天的雨了。筱云坐在水果攤裡，挑掉爛果，再補上新的鳳梨。裡外忙了一圈後，還是沒甚麼客人來。天色還是很暗，幾乎沒有甦醒的跡象。

隨後又下了快整週的雨，筱云還是堅持每天都出攤，多少會有一些騎摩托車的人來跟她買。可雨下得實在太大了，被潑濕的水果更容易發霉，她只能掛上促銷的牌子，好不容易賣掉一堆撞傷的鳳梨，可回頭，還有更多蘋果沒解決。夏天來說，百香果或是柑橘類的水果是可以多放幾天，但賣相只會越來越不好。

雨下滿兩週後，筱云開始擔憂了。

越想越覺得這虧吃大了。

中盤那老闆眞是欺負人，看她不懂行情就漫天喊價，來回殺價後，筱云以為自己批到了好價格，誰知道根本入不敷出。

這天收攤，又遇上瞬間大風，吹垮了傘架。好死不死，傘架倒在蘋果堆上，頓時又損失了快半箱的蘋果。

很想哭，但她沒有時間掉眼淚，只能趕緊把撒到馬路上的蘋果撿回來，一顆顆擦乾，放回箱子裡。將蘋果都整理好時，也差不多要到正午了。早市的擺攤時間雖然長，但客人眞正光顧的時間大概就分七、八點和十點兩次高峰，多數時間拍蒼蠅的次數比喊價的次數還多。更何況，連日大雨，幾乎又更少人出來了。

筱云收完攤後，想起過兩日阿婆就能出院了，但是醫師囑咐要復健跟休養，看來短時間也是無法出來擺攤的。想買個補品給阿婆吃，可從圍裙裡掏出的零錢和鈔票根本不夠，只好將存款裡剩下的錢又領了一萬出來。

筱云實在不敢跟阿婆說自己被中盤騙了，連下那麼多天雨又根本沒客人，批來的水果又壞了大半，又爲了扶傘架跌了一身傷，又領了阿婆辛苦存的、僅剩的存款……眞是成事不足。筱云罵自己，委屈油然而生，只能捏著剛領出來的錢，蹲在提款機旁啜泣。來往的人看她奇怪，無人靠近。

終於有人扶她一把時，筱云很驚訝那人竟是討債的小夥。

他沒有搶走筱云存款裡的錢，只是彈掉手裡的菸蒂，踩熄。筱云注意到，那人的手指頭少了一截。

「爲那種人生氣不値得吧？」

關你屁事。筱云想著，逕直繞過。

小夥攔在她面前，從黑包包遞出一袋白色粉末，跟她說，那東西少量可以讓人欲仙欲死，量多可以斃命。要放多少，都由她來決定。

筱云愣在原處，回應過來時，那東西已經在自己的手裡，緊緊握著。

3

走回家時，雨已經停了。

屋內沒有開燈，筱云想一定是爸又醉得不知日夜，滿屋酒氣從門縫洩出，還沒進門，筱云就被酒氣熏得有些昏頭。

阿婆家是老舊的三合院。右護龍是廚房，倚著隔壁同姓人家的房間，共用一片屋簷。可想而知，常被鄰居抱怨她們家的油煙侵門踏戶。中堂供奉著祖先牌位和幾尊阿婆信仰的三山國王，這些都與多數客族家庭一樣，很平常。唯一讓筱云始終耿耿於懷的，是祖先牌位後的一尊小神像。小神像很像書裡畫的聖母，但也像觀音，背對著牌位，面對著小窗。筱云曾好奇拿下來把玩，被阿婆訓斥過，妹則說，那是阿婆養的小鬼。

小鬼之說維持了許多年，阿婆亦未曾解釋過，於是在筱云和妹的理解中，那尊神像是詭異的，能不碰就不碰。左護龍是兩間房和一間倉庫，阿婆通常會把剛批來的水果，放在倉庫架高的木床上，分門別類。家裡沒有冷凍庫，因此能賣的水果種類也不多。

中堂後還有一間不規則的房，窗戶打開正巧對準神明廳裡的那尊小像。那間房，本無人居住，爸回來後阿婆整理出來給了爸當房間。筱云覺得這樣很好，爸的生活空間與她們尚隔幾層牆，幾塊磚，就不用常聞到那些酒氣了。

但這夜不知如何，筱云覺得那討厭的酒氣在自己周邊徘徊，久久不散。

筱云盤完貨後已經超過十點了，她把不久前拿到的小包粉末藏好，還沒有下一步的打算。洗澡上床睡覺。躺在床上，腦子裡想著的是評量中未解開的方程式，她知道自己沒有參加高三暑修，進度一定會落後，所以只能在擺攤時抽空多看點題目。看不懂的，她會記在腦子裡，一有時間，就反覆推敲。

想得有點累了，睡意終於湧上。

突然，一股濃烈酒味撲身而來，筱云猛地睜開眼，發現爸的臉如龐然大物佔據在視線裡。她瞬間回神，發現爸醉倒在自己身上，又再一次不省人事。

眞是敗類又討厭！筱云朝爸臉上吐了一口口水。心底反覆抱怨。爸總是突然醉暈在某處，之前她和阿婆還特地推著貨物的推車，到村頭的大水溝邊去把爸推回來。她那時就想，怎麼就差一步，如果是醉在河裡，那不是很好嗎？省得她和阿婆丟臉，三不五時就遇到鄰居某某某，說要去何處何處把醉倒的爸帶回來。

這種日子，她眞的過夠了！

筱云萬般不願中，把爸拖回去中堂後的小屋裡。

她故意用繩子綁著爸的腳，就像是學校校慶拉輪胎比賽那樣，將爸當成輪胎，拉回去他房裡。筱云完全沒有繞過石階，爸的頭就這麼一路被敲了好幾下。

總算有點洩憤的快感了。筱云得意笑，把爸拉進房間後，她拍拍手，轉身就走。

就在那時，躺在地上的爸突然伸出手，抓住筱云的腳。筱云重心不穩，往前撲倒在地，鼻子撞上門檻。血腥味頓時四溢，瞬間劇痛讓她睜不開眼，直掉淚。筱云捂著鼻，無法起身，用兩腳把爸的手踹開。未料爸突然清醒，站了起來，居高臨視著筱云。

筱云嚇到了，她趕緊爬起來，不敢多想爸到底是不是真的清醒，拔腿就跑。

爸將筱云抓了回來，十分粗暴，將筱云的頭甩向牆壁。

筱云視線一片茫然，暈頭轉向，無法思考。緊接著，發現自己的身體被扔往床上，四肢被壓制。她沒有力氣反抗，呼吸滯塞，耳朵傳來嗡嗡的聲音。頭部、鼻樑、四肢、全身各處都好痛。她睜眼，面前的人影很模糊，不斷在晃動。筱云試圖想看清楚些，可唯一能透過眼睛傳達到腦子裡的，只有那尊隔著一面窗，藏在神主牌後的小神像。

筱云意識越來越模糊。

她想，如果明日自己還活著，一定要把藏好的那包藥拿出，泡進酒裡！

4

阿婆出院了，結果卻換筱云住院。

醫師說，她有腦震盪，右肩脫臼，左小骨骨折……說了好多，最後說會替她開驗傷單，未來她一定會用得到。

筱云筋疲力竭，只是覺得醫師跟阿婆的對話好吵，讓她難以入眠。拆掉呼吸器那天，筱云才終於回想起自己爲什麼躺在醫院，動彈不得。那夜，她耳中都是爸怒罵著媽的髒話，說媽明明是阿婆買來給他的，還不檢點，跟人跑，害他被笑……筱云記得，最後一次見到媽，是媽剛耗盡力氣生下妹那日，門外確實有個男人接應媽，筱云追出去，媽已經跟那人遠走了。

筱云甚至不知道自己是媽跟哪個男人的孩子，如果是當初門外的那個男人，爲什麼他們倆不帶走自己？她不明白。

筱云再也沒有媽的消息，後來被強迫跟妹一起叫這個男人爲爸。而這個身爲「爸」的男人，侵犯了她。

轉到普通病房後，筱云每天都想趕快出院，她要趕快回去把藏起的藥拿出來！

可筱云錯過了。

她出院前一日，阿婆跟她說，欺負她的人已經罪有應得，還一直跟她說對不起，說自己生出這樣的禽獸，是她對不起筱云。

犯錯的人沒道歉，爲什麼要讓她阿婆來道歉？筱云越想越生氣。

日子並沒有因爲惡人受罰而停止苦難。兩個月後，筱云懷孕了。阿婆與她抱在一起，哭成一團，但隔日起床後，事情依舊沒有解決。渾渾噩噩數日後，筱云知道自己只能振作起來，並選擇一個方法去解決：打掉孩子，讓一切過往雲煙；或是生下孩子，承擔未來責任。

可筱云自己也才剛成年，她怎麼會知道做一個媽媽要有甚麼責任？她的媽媽就是一個沒有責任的人。

想起了媽，筱云又徬徨了。

她不只一次想過，如果自己不曾被降生，那她是不是不需要過此一遭。如果媽決定生下她，而當年也願意帶她走，那是不是就能過上幸福的生活？如班上的同學那樣。

高三學期末前，班上有同學發現了筱云身體的異樣，開始在校園裡傳出閒言碎語，不得已她只好休學離開學校，跟著阿婆出攤。阿婆出院後，體力更差了，搬重物都需要人幫忙，筱云想過，不然就不要回去學校了，妹上學也還需要費用，孩子也不要生下來，家裡實在負擔不起了。

終於決定好那日，筱云幫阿婆收完攤，沒跟著回家，獨自坐在市場裡發呆。散了人潮的市場，變得格外安靜，地板濕漉漉，尤其靠近肉攤的水溝上，還流著殘留的泡沫，那是攤商收攤時洗刷血水用的。出了市場，附近都是停車場，住宅老舊，沒甚麼燈光，最後一攤菜販收完腳架，關了燈，市場內就是一片漆黑。

正當筱云恍神時，有人影走了過來。

筱云仰頭看，雖然眼前漆黑，但她很快就確定那人影是誰。

「給妳的藥呢？」那人伸出手，劈頭問。

筱云搖頭，表示藥弄丟了。

「唉，算了。」

筱云聽見那人的聲音裡滿是失望。對自己。情緒突如其來湧了上來，她撲簌掉淚，含著哭聲胡言亂語起來。

我也想啊，但是我不敢，我怕妹沒有爸爸，我怕阿婆難過，我真的不敢。我現在真的不知道該怎麼辦。阿婆一直跟我對不起，說孩子無辜，讓我不要打掉，但是又說孩子生下來也是造孽，不要生比較好……

那人蹲在漆黑中，點起了菸。

筱云很清楚地看見那人翹起的小指頭，不只是斷過一截，甚至還有新的斷截，正包著紗布。

「我替妳決定。」

筱云啜泣著。很想回應，憑甚麼？但沒有勇氣說。

「如果妳怕一個人去醫院，又不想找其他人，我陪妳去。」

筱云沉默許久，沒給那人回應。那人開始自顧自說起自己小指頭斷掉的事。筱云聽著。她雖然曾好奇，但畢竟是陌生的人，不知道也無所謂。可那人說得很有興致。他跟筱云說，在入行之前，他也有個爛賭的爸，那時他還小，沒有反抗自主的能力，就被典押在了行裡。他逃過，於是少了一截指頭，而他現在終於還完了錢，可離開行，得再少一截指頭。

他在筱云面前炫出兩根斷指，「看，是不是剛好少兩截？」彷彿在強調，自己說的是真的。

筱云聽得有些顫慄，眼淚都乾了。

「妳覺得，血緣眞的很重要嗎？」他問。筱云實在不懂，這跟他剛剛說的斷指有甚麼關係。

「我爸，害我斷了兩截指頭，蹲牢房沒兩年又出來了。妳親生爸媽丟下妳，從未找過妳。妳阿婆與妳沒有血緣，但願意疼愛妳。而妳阿婆跟那一大家子的人，也沒血緣關係，只是嫁入的媳婦，卻侍奉滿堂的祖先。妳不覺得奇怪嗎？」

筱云腦中閃過那尊被藏在祖牌後的小神像。

筱云當然覺得奇怪，但眼下更怪的是，這個幾乎沒交談過的陌生人，爲什麼那麼懂自己的事。筱云本想問，但他似乎一眼看穿筱云的心思，自己解釋說，他只是做了債主的功課，要想討到債，當然得先調查人家祖宗十八代，不是？

「這樣才知道這個人跑了，還能找誰要錢啊。」

5

筱云生下了女兒，在產房裡抱著孩子的瞬間，熱淚盈眶。心想，這或許是世上眞正唯一與自己有血緣關係的人了。筱云願意生下女兒，不是因爲女兒的父的血緣，而是阿婆的愛。

「有些愛，與血緣無關。」這是那討債的年輕人說的。

筱云那晚想了許久，她被父母遺棄，被養父侵犯，但她仍有阿婆的疼愛。阿婆對她好，不在於任何血緣關係，也與她是不是那一大家子的子孫無關。只是單純有了緣分，養大了她，便疼愛她。

既然愛與血緣沒有關係，她又何必糾結女兒的父是誰？

豁然開朗後，筱云斷了回去學校的念頭，安心養胎，過著一如既往，幫阿婆出攤的日子。偶爾她會在市場裡看見那位討債的年輕人。年輕人不再做討債，而是批了一些百貨，也成了蹲在市場裡的一員。有時筱云搬重物時，他會過來幫忙，沒有太多交談，留個笑臉便離開。

生產那日，她剛收完攤，產兆便來。阿婆正好先載回一批水果，還未回頭。是年輕人送她去的產房，等著她生下孩子出來，也成爲第一個抱了女兒的人。阿婆跟妹隨後才趕到，那時筱云已經回到病房，年輕人早一步先離開了，並沒有照面。

阿婆哭得像小孩，脫口說那是自己的曾外孫女。

那刻，筱云終於忍不住，放聲哭了出來。

出院後，阿婆替女兒做了滿月禮，妹更常常跟女兒自拍，拿到學校跟同學炫耀，說那是自己的甥女。

筱云難免會覺得這個家庭是不是有點扭曲奇怪？

「只要是家人就好。」年輕人會這麼安慰她。

女兒周歲時，阿婆帶著妹和筱云去祖墳掃了一次墓。那是筱云第一次去到祖墳掃墓。過去，她只是這個家沒有血緣的外孫女，族裡人不看重她，更遑論讓她踏上祖墳的聖地。每年掃墓，她只能待在家裡，等著阿婆跟妹歸來。現如今，族裡的人說她生的女兒是家族的女兒，應該要上墳一趟。

筱云本不願意，執拗了好幾日。她不知道自己要以甚麼身分去，更不希望因此被人承認女兒與生父的關係。

「墓裡面躺著的，不見得都是家人。妳信嗎？」年輕人如此說，還吊著筱云的胃口，要讓筱云自己去祖墳走一趟，或許就能得到答案。

爲什麼你會知道？筱云一樣問過。但也得到同樣的回應，「挖出人祖宗十八代，是討債的功課啊。」

那也太扯了。筱云難以相信。轉念想後，似乎又不那麼耿耿於懷，或許去祖墳走一趟，就能證實年輕人是不是又在唬爛了。

來到祖墳那日，天氣格外晴朗。

妹在大墓前擺上三牲素果，阿婆則忙著打掃落葉，怕女兒曬傷，筱云抱著女兒站在樹蔭下。那是她第一次來到墓地，放眼而去盡是荒煙蔓草，妹說除非是客人掛紙的日子，村裡會請人專門燒掉大株草木外，墳墓就是長這個樣子。

筱云點點頭，表示了解。

百無聊賴時，她注意到阿婆正在打掃的大墓旁，還有一座不起眼的小墓。只是一個小土丘，前面立著簡陋的石碑，沒有裝飾擺設，跟戲裡荒郊隨處可見的那種無主塚一樣，有些詭異。

筱云注意那座小墓許久，眼神遲遲無法移開，直到阿婆點好了香，叫她過去。

大墓的碑文裡有許多字，刻著數十人名，當然筱云一個也不識。大墓做於民國八十年，立有做墓當年子輩的名字，最後一個玄孫的名字筱云認識，那是爸的名字。筱云瞥了眼便不再看。

八十年做的墓還算新，雖然地板有些脫落的磁磚，但頂蓋還是很完好的。

拜完大墓後，阿婆收了香，插好，又重新點了一把香，然後指著不遠處的小土丘，表示要筱云跟著過去。

筱云很疑惑，長滿雜草的土丘也是這家人的先祖嗎？定位後，阿婆一樣要筱云和妹祭拜，然後喃喃唸起了祝禱詞，說要老祖也幫忙保佑筱云還有筱云的女兒。阿婆並沒有以爸的名義介紹女兒，只是單純唸著女兒的名。

插香時，筱云終於能靠近點，看清楚墓碑上的字樣。

碑上無名，只是寫著「古老人」三個字，字漆斑駁脫落，石碑十分老舊，跟隔壁新做的大墓天差地別。

甚麼是古老人？筱云不懂。

阿婆說這問題她嫁來時也曾問過，但沒有人能清楚告訴她古老人到底是誰。古老人不知男女，不知年紀，但肯定的是一定是曾經與這個家族有關係的人，死後無處可歸，便葬於家族墓旁，與先祖們共享香火。後世祭祀時，不管知不知道古老人是誰，都要分一炷香。

阿婆又說起一件讓人毛骨悚然的事。

幾年前祖墳整修，就是大墓重修那年，工人本也想挖出古老人的墓重新安葬。可挖掘的過程十分不順，暴雨突襲，好不容易雨停，又來了場烈日。終於挖到了陶甕，卻無法將陶甕移除，泥土像是有了意識那樣，死死裹著甕身。師公只好再次擲筊，多次無果，執香詢問後，說陶甕的主人在生氣，不願意動土開墓，也不願意合葬於大墓裡。

眾人背脊發涼，有些氣餒，覆土時有人注意到陶甕上有些難以辨識的圖騰。

同樣住鮘潭的師公說，那圖騰跟他們家族的圖騰很像，但是因爲過於模糊，也不敢妄下定論。因爲陶甕始終無法移開，衆人只好請示作罷，重新祭祀之後，將土覆蓋回去。所以直到現在，古老人的墓才會一直都只有土丘，沒有任何改建。

筱云聽得有些發冷，妹似乎也是第一次聽，阿婆又在墓園裡說這件事，還當著古老人的面，可想而知，兩人聽完都是直打顫的。

筱云害怕歸害怕，卻還是聽見了一個關鍵的事：師公說陶甕的圖騰，跟他餉潭老家的圖騰很像，雖然難以定論，但筱云卻有種直覺，自己的血緣或許與這無名的古老人有些關係。她又想起一個疑惑，阿婆當初決定收養媽媽，也說了媽媽是餉潭人家收養過來的，會不會也跟這神祕的古老人有關呢？還有那尊小神像，祭祀的到底是何方神佛？

古老人與這個家到底曾經是甚麼關係，筱云已經無從得知。

上完香，開始起了冷風，烏雲漸聚。阿婆和妹匆匆收完祭品，離去前筱云忍不住再望了眼古老人的墓。那不知名的靈魂正安睡於地下，不願離去，也不願被人打擾。

筱云想起阿婆剛教她們唸的祝禱詞裡，有這麼一句：只要是一家人就好。

懷裡的女兒醒了，好奇地張開手，接住了落下的雨滴。

或許，古老人是誰已經不重要，小神像爲何祭祀也不重要，就如阿婆說的，只要是一家人就好。

能作爲阿婆的外孫女，眞好。筱云想。

點主

1

這是陳小第二次替阿爸送葬。

「接大屋。」禮儀師一喊，陳小偕妻跪下迎接，方才用銀紙隨意摺成的元寶就地火化。

禮儀師是陳小母舅那的遠親，叫他「小仔叔」，小仔是他的名，全名陳小。一直被人稱小仔到大、到老，如今庄里還能叫他「小仔」的同齡人不多了，卽使晚輩要叫，也得加個叔伯的稱謂。而多數人都已經習慣叫他老小阿太了。

另一個被叫作是小的原因，是來自於幼年的一場高燒。

那夜，阿爸不知去向。後來聽說他是跟河洛嬤跑了，也有人說是欠債跑了；但不管如何，人就是跑了。陳小發著高燒，阿姆雙手托著他的身，如向上天呈獻祭品般，將他獻給了夜。那晚，阿姆便發瘋了。阿姆的大姪子收養了他，大姪子喚阿姆姑姑，收養一個遠親的孩子作爲養子，陳小便與那孩子一同長大。按輩分來說，那孩子確實該叫陳小一聲「小仔叔」。

回來說那場高燒。阿姆的瘋癲延誤了他的就醫，只是不斷地將他視爲祭品，要獻給自己的冤親債主。陳小那時還需要阿姆的母乳餵哺，所以卽使阿姆只將他視爲祭品，他仍不斷向阿姆爬去，吸吮著乳。不知幾回過後，阿姆體力耗盡，才摟著他睡在昏暗的柴房裡。

是的。阿爸臨走時，把陳小與阿姆鎖進了柴房。

終於等到有人發現陳小和阿姆時，陳小已瀕臨死亡，救回一口氣後，他便從此再也長不大了。救了他們的大姪子用了許多偏方，好不容易把陳小的身體養到了十歲孩子的大小，也就黔驢技窮了。慶幸的是，陳小的意識還在繼續長大，沒有受制身軀的發展。他如同齡的孩子一樣上學、做工，甚至還娶妻生了子……除了終其一生擺脫不了「小」的名號外，他順利長大了。

後來從阿姆癲狂的話語中，陳小捕捉到一些訊息。阿姆很害怕自己的冤親債主找到自己，而且深信不疑，不獻祭陳小後，阿姆又獻祭了不少的雞、鴨、魚，甚至連陳小養的黃狗，都被阿姆宰去了當作祭品。

陳小親眼見到阿姆落在黃狗身上的斧頭，他若再跑慢些，那斧頭或許就是落在陳小身上了。

陳小從未見過阿爸，也一直覺得人生中沒有父的存在。第一次覺得自己也應該有個「阿爸」，是祖源陳家說要分家產的時候。爲什麼要急著分，並不是重點，左不過就是那些名利的事。而他得知的是，身爲嫡系的自己需要承擔供奉宗祠的事責。他也是那時候才知道，原來阿爸是嫡系。這也就是阿爸第一次走進了陳小的生命裡，不過也僅此瞬間。

時序還得先回到一九二〇年。

那年陳小甫而立，正從宗祠大會走出，經過一番爭執和丟壞一組茶具後，他拒絕替阿爸發喪，當然也對於繼承嫡系產權毫無興趣。

他強調，「伲係母舅養大个，毋係你陳家个人。」

「你姓陳，若倈仔乜姓陳，若阿爸乜姓陳，你就係陳家个人。」就是這句話，堵得他啞口無言。他那不曾謀面的父親姓陳也就罷了，自己也姓陳，突然懊惱當初爲何要將兒子也姓陳。即使如此，這也動搖不了他的決定，因爲陳小從小就厭煩所有與阿爸有關的事。

後來有人威脅他，如果就此一走了之，他將拿不到屬於嫡系的產權，也將失去入宗祠的資格。陳小再樂意不過了。他輕蔑地望向宗祠裡坐著的那一排「活神仙」，都是族老、族親，但又與他何關呢？當初阿爸丟下他與阿姆時，伸出援手的都不是這些姓陳的人。

他邁出門外，當自以爲灑脫時，身後傳來一句話：你阿姆也係陳家个人。不疾不徐又帶著病嗓的聲音，讓陳小短暫地遲疑了片刻。阿姆死後不肯瞑目的雙眼，是陳小替她闔上的，他總覺得，阿姆一定不像人家所說的那樣，真的全然瘋了。

人死歸宗，是陳小過不去的坎。

最終讓陳小願意替阿爸舉辦喪禮的原因，還是阿姆。

阿姆因爲死於異鄉，又失職爲陳家媳婦等種種因素，無法立塚安葬。回不了娘家，也無夫家，連落腳歸根的地方都沒有。眼見撿骨的年份接近，陳小還是希望阿姆能死有所歸，住在好的風水寶地上。族老們提出的條件是：替阿爸辦場喪禮，在陳家墳園上重新建塚，也順道替阿姆撿骨。

阿姆生前與自己是如何被陳家拋棄，陳小已經無從計較，但他知道，若不能替阿姆爭得一份死後的安寧，那他也枉爲人子。陳小還是這麼想的。阿姆終歸是陳家人，也確實得入陳家墳。

爲了阿姆，陳小妥協了，也因此有後續安排喪禮的事宜。除了遠親的禮儀師外，大多替他張羅的人都來自父母會的人。父母會是客庄裡的傳統組織。陳小因爲阿姆早逝而進入庄裡的父母會，就像是一種無償的付出，父母會的人都是曾替他安葬阿姆的人，而多年來，他也幫忙了許多會員的家族辦理喪儀。沒想到這回，又輪回了自己身上來。

把大屋送入堂內，接下來就等下午的吉時準備入殮。

但哪來的遺體？這只是陳小與族親達成協議而舉辦的喪禮，彼此各取所需；族親需要發喪來證實嫡系產權的歸屬權，而他要替阿姆撿骨安葬。在他心中，不論是有形的阿爸，還是無形的阿爸，早死了。失蹤已過五十年的人，別說要不要除戶了，死亡證明早就躺在戶政多年。但紙本的文件無法讓宗祠裡的那幾座活神仙認同，爲了讓大家都相信他的阿爸已死，陳小決定照禮俗來辦一場阿爸的喪禮，以堵悠悠衆口。

沒有遺體，便有人說用遺物。

用遺物也是可笑的。無消無息數十年，哪來的遺物？

又有人說畫個遺照放進去。

遺照更是天方夜譚。沒看過阿爸的陳小不用說，就連村裡跟阿爸同輩的那些人，做仙的做仙，沒做仙的也大多忘了阿爸的模樣。

沒遺體、沒遺物、沒遺照的入殮，有些說不過去。但陳小已經決定要把它辦得「轟轟烈烈」，當然得想出辦法來。

「轉去小仔叔老屋找看看？」這是禮儀師，也就是從小跟陳小穿同件褲襠長大的母舅兒子的養子。

沒辦法了，也只能先這麼試試看。

2

離家那時太年幼，陳小沒有記憶，還是由父母會的人帶他回去的。雖然母舅家僅隔一個村的距離，但數十年來陳小從沒回來過。

老家就位於陳氏祠堂的圍牆後，門前有條摸乳的小巷是可以通往祠堂天井的，不過被人用陶甕混水泥給封了。父母會的負責人是村長，知道陳小要替阿爸辦喪之後一直很熱心，還替他標了新的會籌錢，不過被陳小拒絕了。

陳小對老家沒有絲毫印象，也不知從何找起，只是在屋內轉了一圈便打算離去。離開前，他想起收養他的大姪子常說道灶下的坑裡有東西，就是因爲那東西作祟，才導致阿姆變成癲嫲。思及此，陳小又返頭回去灶下，但眼前的灶年久失修早就坍了，上頭爬滿藤，藤下被挖出一坑一坑的蛇洞。

陳小進退兩難，站在坍塌的石堆前想起了阿姆。

阿姆的瘋癲時好時壞，在屈指可數的清醒日子中，陳小唯一還記得的是那夜月圓。阿姆撫著他的手，很清楚地告訴陳小那些圍在自己身邊的冤親債主是哪些人，有阿姆的阿叔、姨仔，阿姆的兄弟姊妹們……陳小那年十歲，在他對於家族僅有的認知中，除了姓陳，其實甚麼也沒有。

阿姆常看著天空喃喃碎語，要讓「他們」來找自己就好，不要去找她的孩子們。說到孩子時，陳小很確定阿姆是看著自己的。但阿姆只有他這麼一個兒子，哪來的孩子們？陳小無法求證，阿姆便又如附體般，瘋了回去。

阿姆瘋癲的日子依舊是生命中的多數，大多時候是讓陳小感覺害怕的。那回阿姆砍下了黃狗的半截身子時，他被人從黃狗滿地的血泊中拉出，是阿姆的大姪子。阿姆拾起斧頭追在他們身後，又叫又喊。陳小曾在吶喊聲中，聽見阿姆是叫自己名字的，可他不敢回頭求證，只能低頭奮力地逃。阿姆突然不再喊陳小時，是被石頭絆倒了自己，斧頭立在地上，直接斬進她的腹部。阿姆彌留一夜，破曉前嚥了氣，甚麼話也沒留給陳小。

或許還是別知道阿姆癲狂的原因比較好。陳小突然如此想著，腳步逐漸退縮，再也沒有向前的勇氣。

阿爸的靈柩依照宗親要求停放在祠堂內，靈堂設在禾埕上。靈桌案後本該擺放諡法和遺像。宗親一致認爲，阿爸應該得到諡法。陳小覺得可笑，能得到諡法的人必須要德高望重，而拋妻棄子的人又有甚麼資格？但爲了讓儀式順利進行，他選擇睜一隻眼，閉一隻眼。諡法好解決，很快就議定下來，可遺像依舊沒有著落，老家裡絲毫沒有阿爸存在過的痕跡，更別說一張像。宗親裡當然會有與阿爸相識的人，但他們對阿爸的模樣都回憶得模稜兩可，總歸來說阿爸離開得太久了。

靈堂外的銘旌已經送來，但還缺少一個持旌的人，同樣需要所謂德高望重的同姓人作爲代表。這讓陳小很頭痛，因爲這表示他又得回祠堂請出那幾尊活神仙。

祠堂裡，凜冽的目光襲來，陳小抬頭一看，果然又是那一圈活神仙。

「倨這位會派人過來去。」其中一位族老發話。

有人來就好。陳小只得點頭，別無選擇。誰來掌銘旌都好，畢竟德高位重這種事也是別人說了算。

比較麻煩的是陳氏的祀典會，爲了要把喪禮辦得隆重，連外鄉的陳氏族親都需要到場，爲了鼓勵宗親參加，甚至撥出祀典會的預算來補貼車資。陳小覺得祀典會比父母會麻煩多了，既不是無償報酬，又得掛著陳姓血緣的緣故而不得拒絕。養大他的母舅家，就從來沒有要求他回報甚麼。

陳小隨後又被派了一個任務：他必須在阿爸還山之前，追回那些經由祀典會而出借給族親的資金。這根本就是要他打著發喪的名義，去討債啊。陳小深覺被設計了。

宗祠裡那幾尊活神仙給了他一份名單，滿滿陳姓，但陳小卻從未見過他們。

「順續仔將佢這兜共下請來。」其中一位活神仙說。

還山當日，陳姓的族親們果然都來了。更早些年搬到美濃定居，又另立陳氏宗祠的陳姓宗親也來了。那時下淡水溪鐵路才開通沒幾年，即使有祀典會的資金，但比金錢還要大的問題是交通，再說年後正是下淡水溪二期稻作的插秧期，又時逢六堆各地的掛紙，能讓美濃陳氏為了一個失蹤數十年的人遠道而來，確實在陳小的預料之外。

在阿爸的遺像、遺體、遺物都沒有解決的情況下，喪禮匆忙進行了。陳小在父母會中和許多村裡的人一同辦過不少場喪禮，卻從未見過如此講究形式，卻又如此草率的還山。

至少，棺槨中是甚麼也沒有的。

唯一像樣的是拿著銘旌的人，確實是他往返陳姓祠堂這幾回中，看起來比較有名望的代表。陳小該叫那人阿叔，活神仙們也都稱他是叔伯阿哥。聽說他與阿爸是同父異母的兄弟。阿爸是難產而出的孩子，母親在生出他之前就嚥氣了，他是活生生被產婆給擠出母體子宮的。在知道阿爸的出生時，不得不說，陳小一度覺得自己與阿爸同病相憐，都是被拋棄的人，別無選擇。但那樣的錯覺，只有一瞬間，更多時候他認為阿爸的可惡是多過於可憐的。

還山儀式開始，請神請祖後，陳小的妻砸碎藥罐進行開弔，才到了點主。陳小跪在堂中，背上馱著寫有阿爸之名的神主牌，等著族親代表上前，用朱砂在王字上加上一點，目的是要將阿爸的亡魂招引進神主牌中。是為點主。這說好了本該由美濃陳氏的嫡系來做，卻不知為何突然變卦；甚麼某某某都來了，就負責點主的那人沒來。陳小跪在地上等待許久，本就比一般人矮的他，現在在人群中更顯得微小。眾人的目光毫不避諱地盯著他，七嘴八舌起來。

陳小第一次覺得自己像是戲猴子，被人觀覽。

許久後，眾人的躁動中終於走出了一個人，但那人不是一開始說好的美濃陳家人，而是一個身材高大筆挺，面露風霜的老人。陳小從未見過這個人，祖源陳家祠堂裡未見過，討要祀典會名單債權人時也未見過，更不是美濃陳家的人。

這人是誰？陳小心中疑惑時，伴隨起莫名的不安。

「大哥……」讓陳小叫一聲阿叔的人對著那人喊道。緊接著在場的活神仙們宛若驚醒過來知道了甚麼，也紛紛對著那人喊大哥。輩分小一點的，喊他叔伯阿哥，連美濃陳家的代表也喊他叔伯阿哥。

能被活神仙們叫一聲大哥的人，陳小想來人一定不簡單。那這負責點主的人，想必就是這個人了吧。

陳小依舊揹著神主牌跪在地上，眼神露出求救訊號，希望那人趕快進行點主，好讓他盡早擺脫這場鬧劇。雖然是那樣的阿姆，但對陳小來說阿姆對自己的生命意義，比阿爸大多了。配合陳氏宗族做的這場戲，終於要達成重新安葬阿姆的目的了，至於這個喪儀到底如何，陳小實在不關心。

眾人依舊把注意力放在那人身上，含淚激動地喊著阿哥阿哥。

陳小在眾人圍繞中開始坐立難安。

這時負責掌銘旌的阿叔拍了一下陳小的腦袋，非常重的一下，喊道，「還係跪等做麼个，這係若阿爸！」

3

祠堂裡又再度坐成了一圈。除了原本的幾尊活神仙外，還有美濃來的陳氏代表，曾跟祀典會借貸的幾位代表，最後是坐在高堂之位的那位不明之客——阿叔說那是陳小的阿爸。陳小當然很難相信，但畢竟他沒有看過阿爸長甚麼模樣，也就只能由著祠堂裡的宗親說甚麼是甚麼了。

喪禮本就沒甚麼哀戚之狀，現如今，「死者」都出現了，當然就更沒有喪家的模樣了。宗祠裡所坐的人，都繃著臉，好不容易說幾句話了，卻句句不脫田產的事。

陳小恍然明白了。

除了喪禮，還有甚麼理由能夠請得動所有的人？只有阿爸「死亡」事實成立，他名下的陳氏公有產權才有機會重新分配。這不只是做給門內的人看，更是做給門外的人看。

陳小明白了。他徹頭徹尾就被人當成工具，只是爲了把流散外地的陳姓族親全部聚攏過來。爲了甚麼？就爲了分祖產的事。

在場，沒有人比他更像一個「外人」了。

死而復生的阿爸就站在他旁，但他沒有任何期待，只不過與這些人同姓，但終究是不同命。

喪禮後緊接著就要處理掉蒸嘗田下的共有田產，原因是日本當局進行了田產所有權的徹查，目的是要取消宗族持有的大筆公有產權，改成私有產權。而陳氏宗祠不知甚麼原因，被盯上了，成了第一批即將被肅清的對象。

在場的人說得口沫橫飛，但沒有一個人對於阿爸的「死而復生」感到意外，彷彿這一切都是安排好的。那阿姆呢？陳小不覺得阿姆的瘋癲也是被安排的；還有他幼年因高燒而無法長大的病根呢？這也能被安排嗎？

終於在幾輩叔伯的爭論與美濃陳氏族老的見證中，原屬蒸嘗田下的共有田產被分爲數等分，由各陳姓的家族派出負責人來承接，並履行納稅義務。阿爸嫡系則保留一份蒸嘗田的共有田產，和陳氏宗祠產權，並執掌日後所成立的陳氏宗親會的事物；舉凡祭祀、典儀、婚嫁、喪慶……都以這個新成立的陳氏宗親會爲依歸。

陳小對這些安排沒有異議，或更準確來說，是不能有異議。自始至終，都沒有人回答過他的疑惑。宗祠裡的人散去後，阿爸留下陳小，看似要單獨說些甚麼，但卻甚麼也說不出來。陳小對阿爸是沒有感情的，只覺得在這宗祠裡顯得侷促不耐。

就在陳小打算離開時，阿爸才說，「辛苦你了。」

陳小是聽見了，但當作沒聽見，繼續走出。他不想再陪這些陳姓的人繼續這場鬧劇。不料阿爸竟然跟他說你不能走。陳小的內心正醞釀著怒火，他已經陪這些不相關的人玩了一場鬧劇，如今卻說他不能走？難不成他還得留下來替這些活神仙們送終？

陳小轉過身來，眼神是憤怒而冰冷的。

阿爸的臉上竟是一點悔意都沒有，只覺得陳小理所當然應該留下，被父親拋棄多年的兒子也是應該長成這樣。

「你該當留下，因爲你係陳家个人。」阿爸說。

這顯然已經無法說服陳小。他不認爲自己姓陳，就得留在陳家，再說了，阿爸既然能死而復生，那不更應該自己留下來嗎？

阿爸沒有給陳小再次發怒的機會，只是用著異常平淡冷靜口氣告訴他，「倨毋係你兜陳家个人，你正係！」

4

阿爸眞的死了。在玉音放送的那年。陳小的兒子在去南洋前娶的媳婦生了，同年年底，兒子死訊傳來，陳小的妻不堪悲痛也走了。從阿爸死而復生的那日起，兩人只說過那一回話，就在陳氏的祠堂裡。

阿爸說自己不是陳家的人，雖然也姓陳，但不是陳家的人。

陳小疑惑，但從那日之後他便沒再見過阿爸，聽說是被美濃陳家的人接走，頤養天年去了。阿爸這一走，也帶走了陳小多年未解的困惑。

到底阿爸為什麼要將他和阿姆鎖進柴房？

陳小也不是不願意去釐清阿爸說的話，只是當下過於氣憤，認爲一個拋家棄子的父親沒有資格對他的過去與未來指手畫腳。那日回去後，穿同一條褲子長大的表哥的養子曾問他，爲什麼不問阿爸離開的原因。

火著了❶。他這麼回答。

❶火著了：生氣，如著了火一般。

沒想到隔日反悔，要再去問阿爸時，祠堂裡已經無人。下淡水溪的鐵路已經通行多年，要去一趟美濃不難，但阿爸一走，祠堂裡的那幾尊活神仙又將他抓了回來，說要他承繼阿爸留下來的公產和私產。這使得陳小更氣憤阿爸了。來去無蹤，就跟當初丟下阿姆和他遠走高飛一樣，如今回來個半天，就將他後半生給捆死在了這祠堂裡。

就這樣，陳小被迫接下了陳氏宗親會的事務。阿姆也終於如願進了祠堂。

三不五時就得調解不同宗祠陳姓間的糾紛，還得代表陳氏與鄰村林氏、楊氏談判水源問題，皇民化時陳氏在客庄坐大，成爲了政府關注的對象。他帶著族親移居他地，祖源宗祠因此一度成了荒蕪。再回來祖源宗祠時，當初那些坐在祠堂裡指指點點的老神仙們也都成佛得差不多了，剩下那位他稱作阿叔的人。不過阿叔在日本徵召台籍日本兵遠征南洋後，兒子孫子都死於南洋，沒有再回來，也就抑鬱而終了。

最後阿爸也死了。美濃陳家通知陳小去領回阿爸的遺體，也沒多說甚麼，總之阿爸與他那個年代的陳氏信仰，隨著一個政權的結束而落幕了。

陳小又再次替阿爸送葬，而這次有遺體、遺像、遺物了。

另一個政權到來後，他也從「陳小」變成了「老小」，後輩都稱呼他一聲「老小阿太」，他成爲祖源陳氏宗祠共有產權的唯一持有者。

子輩裡出了一位留日的建築師，提出要改建宗祠的願景。陳小對宗祠的去留也無意干涉，畢竟他一開始算是被人給算計了，才不得不留在了陳家。

幾年宗親會的忙碌之後，等他再想起母舅家的親戚時，才發現那早已人去樓空。他早該想到，母舅一家生活本就困頓，經過了一遭政權的變革後，流離失所都是在所難免的事。那個稱呼他「小仔叔」的同伴，在替他辦完父親眞正的喪禮後，也不知去向了。

臺灣工業起飛的那些年，陳小曾試圖去尋找母舅家的消息，可越找音訊就越渺茫。有村裡的人說，那家人是因爲藏有日本的甚麼文件，被舉報，連夜就逃了……

既然是逃了，那又怎麼可能讓陳小知道去向？

陳小回到陳氏祠堂後更是心如死灰，對於強加在他肩上的莫名責任，使他無所適從。因此在聽說有子輩想將宗祠大刀闊斧改造一番時，他完全沒有阻攔。如果從裡部改變不了，那至少還能改變外在。

子輩很快找來自己的設計團隊，連續幾日將宗祠裡外丈量劃線。

「老小阿太，這個窗我想把它打掉，這樣整面牆看起來會比較亮，而且風水上啊……」陳小沒聽進多少，反正他也不懂，只是點點頭應付著，讓年輕人放手去做就是了。

就這樣，祠堂連著後院過去的陳小與阿姆當初住的伙房，都一併納入了這次的整修中。子輩雖說是整修，不過看那大興土木的氣勢，說要打掉重建也不爲過。但陳小既然決定要改變些甚麼，當然也就沒有插手。

最後讓陳小改變心意的，是因整修而打掉了封閉後院的那面陶甕水泥牆，牆體中竟藏著一塊被人精心打造過的紅磚。子輩挖出紅磚時，以爲挖到寶，興高采烈地拿給陳小看。但陳小在襁褓時便離開老家，根本不知道這塊磚裡頭到底有甚麼。

砸碎看看吧。子輩說。

陳小同意，榔頭落下，順利在紅磚上敲出一道裂縫。

裡頭果然藏有東西。

5

陳小終於明白了阿爸曾說過的那句話：佢毋係你兜陳家个人。

桌上擺著不久前從紅磚裡掉出的物品。昏暗的燈泡照在一疊破舊的黃頁紙上，字跡已有些模糊，幸好大致上還可辨認出一些訊息。

那是阿姆的出生證明書，或更準確來說，是阿姆的買賣證明書。

阿姆原來不是母舅家的人，她是被賣給了母舅家，改了姓，做了母舅家的幼女。與阿姆同時期出生的還有阿爸。祖源陳家爲了保留嫡系唯一的血脈，對外宣稱生的是個男孩，於是便從另一個遠姓的陳家買來了阿爸，做了祖源陳家的長子。而遠姓的陳家，與祖源陳家雖同姓陳，但終究是沒甚麼血緣關係的。

陳小逐漸釐清了一些事。

阿姆才是祖源陳家嫡系的長女，可因爲是女兒無法繼承宗祠公業產權，所以從遠姓的陳家將阿爸換了過來。難怪阿爸說，他雖然姓陳，但不是這個陳家的人。一錯再錯，祖源後來又爲了留住屬於祖源的血脈，強迫阿爸娶了阿姆。有人說即使沒有血緣關係，但終究還是姓陳的娶姓陳的，所以犯了大忌的阿姆在嫁過來之後，才會瘋癲。

在陳小的記憶裡，阿姆多數的時間的確是瘋瘋癲癲的。但唯有少數的幾回，是在母舅的安撫中安詳而眠的。他想，對於阿姆來說，取代了她身分的阿爸、拋棄了她的陳氏宗族，都比不過無血緣的母舅所留給阿姆的僅存的尊嚴。

陳小又想到，如果契約是一式兩份，那母舅一家被清查的文件，會不會就是這張買賣契約？這是說得通的，畢竟在那個政權下，不明就裡的徹查都有可能百口莫辯。更何況是一個曾經在另一個政權中能呼風喚雨的客族。但爲什麼母舅不願丟棄？只要燒毀就沒有證據了，不是嗎？

理解完了阿姆，陳小又想起阿爸說的那句話。他稍微能明白阿爸對於阿姆的怨恨，還有對於祖源陳家的漠視。因爲這裡，從一開始就不屬於他。對於阿姆還有陳小，阿爸或許只有怨懟吧。

陳小喊停了整修的工程，此刻的他無法釐清自己對於祖源陳家還有甚麼依戀。但這一切都還沒來得及讓陳小細想，如今僅存的公產，即將因道路更新計畫而被收購。一紙公文下來，還沒等到陳氏的子孫們反應過來，宗祠大門在民國八十年遭到強制挖除。

那年，陳小已九十歲高齡。

看見宗祠大門倒下的那刻，陳小彷彿明白了甚麼，體內有股驅動著他前進的力量正在發酵著。從被設計而留在陳氏的那一刻起，不論理由是甚麼，他已然是這個家族的人，而如今，也是唯一能守護這個家族的號令者。

陳小緊急召來了嫡系的子孫，聯合外村外鄉外縣、曾與這陳氏祠堂有關的血脈，祖源陳氏、美濃陳氏，連阿爸選擇回歸的遠親陳氏也都來了。大家齊聚一堂，只有一個念頭：搶救宗祠！

幾年後，在幾代子孫的聯合下，宗祠得以以原貌保留，但沒了門的宗祠已經完全裸露在外，且無法修復。民國九十年，子孫代表們在陳小的見證下，簽署了同意書，以三級古蹟的身分捐贈給了政府。但修復工作必須由陳氏宗親會自行承擔，陳小想賣掉最後一份公有田產，以換取維修祠堂的經費。

手續流程送出那日，陳小再度回到祠堂裡，但這裡早已無人。他坐在曾經是那幾尊活神仙坐的位置上，環顧著，恍然發現無人的宗祠眞的開始凋零了。

正當一切寂靜時，門外突然有個孩子滾進了皮球，他朝外看去，陽光刺眼，只聽見一聲有朝氣的叫聲，喊著他把球丟出去。

「阿太，球分佢！」

陳小起身撿起球，看了孩子一眼，發現那孩子有些眼熟。與幼時的自己相似，懵懂而探索著世界。他想，不論在母舅的小家族裡，還是陳氏的大祠堂中，年幼的孩子都是要這樣長大的；同樣的，老去了的人也會甚麼都沒留下。

不，或許還能留下甚麼，除了被標定古蹟的頹圮的牆外，還有一項東西可以留下！

陳小翻開一開始成立宗親會的紀錄本，一一聯繫了上頭所留的電話。有些打通了，但對方都說不姓陳；而有更多的是空號。他不放棄，重新連繫了當初幫忙搶救宗祠的子輩們。年輕人的回覆都很快，可沒想到，離當初訴訟僅十來年的時間，還與陳小同輩份的人大多已經離世，在世的人不是臥床就是住進了療養院。

就如同，當年坐鎮在祠堂裡的活神仙們，用一生的歲月支撐著一個信念，而只用一個十年便遺忘了自己。

終於勉強找到美濃跟阿爸遠親那的陳氏族親，陳小請他們擔任自己未來不久的點主人。他想自己或許也能用一場喪禮，複製當年活神仙們的手法，重新聚集陳氏的族親們。

被拒絕了。

因爲年老的人說死，是不吉利的。

陳小還來不及安排自己的後事，捐贈前夕，宗祠被一把火給燒了。陳小的身影在火中微動，如同當初阿姆將他獻祭給冤親債主那樣，祈求著夜，憐惜大地上的衆生。可月色晃晃，一切又彷彿不曾存在。

數年後，文化資源團隊採訪了陳小的村落。上了年紀的人有些耳聞過一個叫作「老小」的人，也有人稱他「阿太」；但更多的人，只知道竹林過去的荒煙蔓草曾住著姓陳的人，如今後代已經搬離。

團隊循著訊息穿過一片森林，只剩一座埋在蔓藤中的燒毀了的牌樓，至於陳小是誰，老小又是誰？已無人知曉。唯一在牌樓堆中找到一座簡易的墓碑，又循著立碑人的名，找到了最後一個可能知情的人。

那人正住在療養院中，是護理師主要的看護對象，因失智多年，幾乎終年昏睡，唯有在幾次清醒時，叫嚷著要人滅火。

他姓陳嗎？調查人員抱著一絲希望問。

不是，但他說過自己有一個姓陳的叔叔。

《藍之夢》完

後記

陳凱琳

小學作文，我幾乎拿不到甚麼分數。甚至是老師規定每天要寫的日記，我爲了湊字數，寫過：「我今天看見一隻小小小小小……鳥。」勉強達五十字標準。想當然，又被老師追加了一篇，不准有疊字的日記。但一天就一篇日記，哪能再寫一篇？

那時，十分不喜歡書寫。

長大後回頭探究原因，（就如某一天我知道了自己爲何吃到幼稚園午餐的高麗菜都會吐一樣）發現那時書寫的經驗並不愉快。當時，我常被推派參加演講和朗讀比賽，老師要我練習自己寫稿。與日記不同，我的演講文稿被劃滿紅字，老師刪去了「阿嬤」，改成「奶奶」，說，國語裡不能用阿嬤。

我沒有反駁，當時吞下的「不明白」，成了我今日書寫的契機。

我是七年級後段班，求學階段應當已經離開所謂的國語政策，但我的老師們是在那樣的環境中成長的，很自然地將固定模式的價值觀導入教學，建立是非。與我同期成長的人，或許都面臨著同樣的困境。對於傳統生活和言說方式，我們如站在賽場邊觀看的群眾，能呼喊，能感受熱情，卻沒有下場的機會。

有些疑惑，並不會當下就能獲得答案，而我比多數人幸運的是，我找到了回應的方式。彷彿受到了眷顧，我以自己與家鄉爲題，創作了「客家」小說；〈細妹仔〉、〈藍衫〉亦分別獲得了後生文學獎的肯定。

〈細妹仔〉是阿嬤生病那年所寫，看著她的病容，我不斷想起她過去叨絮過的那些人事物，厚重的記憶如今輕如羽毛。我接不住。於是我將她化形爲我故事中的人物，並讓她曾心心念念的忠狗陪伴她，走完一篇故事。那是我首次嘗試書寫所謂的「客家」小說，在那之前，我不認爲自己能寫出跟客家有關的作品。幸而，後生文學獎給了我第一次的肯定，並很用心地請專門的老師替我校正客語的使用。

第二年選題時，阿嬤已經離世，她的衣衫是我整理的。衣櫥裡的衣物不多，有一部份是她年輕時所穿的套裝，一部份是她在阿公去世後打包起來的衣物。阿公的衣物已經燒去許多，正裝都隨著棺焚去了，眞正留下來的都是他平日穿的。衣領變形泛黃的那些。我突然能明白，她爲何不丟棄那些舊衣物，就如我打包時，也難以割捨一般。第二次的作品是〈藍衫〉，有寄託舊物的意喻，也有我自己對於成長之地客家村的疑惑。

既然疑惑許多，那就繼續在書寫中找答案吧。我用了十篇小說去回應我眼裡的新埤。有些場景拉到了佳冬和新埤大橋，時間從一九〇〇年至今。

不惜用詛咒來傳達人生不公的少女。

只想光明正大去愛她的她。
婆媳大戰中的最後守門人。
新婚當日跳河反抗的女孩。
守護儒學大道的敬字人。
曾經桃李天下的老裁縫。
名不正言不順的大孫。
傳承三代的甜粄之約。
無關血緣的外孫女。
死而復生的父。

說眞的，如果沒有「後生」，我大概沒有勇氣和機會去寫完這十篇故事。畢竟，我雖然被稱是「客家人」，成長在客家村，但我並不會「說」客家話，就如我對傳統和言說依舊模糊那般。（不過我很會聽，尤其是一群人舌戰時，這算特殊技能嗎）幸好，還會聽，也還會讀、會看。於是這本小說就這樣碰撞出來了。更高興的是，它有機會被看見。

試圖去走，就會慢慢發現路的模樣，直到回應了那段「不明白」。

當然，小小小小鳥的用法，我偶爾還會用，在寫總裁文需要湊字數的時候。

國家圖書館出版品預行編目資料

藍之夢/陳凱琳作. -- 初版. -- 臺北市 :
蓋亞文化有限公司, 2022.07
面； 公分

ISBN 978-986-319-671-6 (平裝)

863.757 111007331

島語文學 003

藍之夢

作　　者　陳凱琳
插畫設計　Lasa
編　　輯　沈育如
總 編 輯　沈育如
發 行 人　陳常智
出 版 社　蓋亞文化有限公司
地址：台北市 103 承德路二段 75 巷 35 號 1 樓
電話：02-2558-5438　傳眞：02-2558-5439
電子信箱：gaea@gaeabooks.com.tw
投稿信箱：editor@gaeabooks.com.tw
郵撥帳號 19769541　戶名：蓋亞文化有限公司
法律顧問　宇達經貿法律事務所
總 經 銷　聯合發行股份有限公司
地址：新北市新店區寶橋路二三五巷六弄六號二樓
電話：02-2917-8022　傳眞：02-2915-6275
港澳地區　一代匯集
地址：九龍旺角塘尾道 64 號龍駒企業大廈 10 樓 B&D 室
電話：+852-2783-8102　傳眞：+852-2396-0050
初版一刷　2022 年 07 月
定　　價　新台幣 300 元
Published and printed in Taiwan

ISBN 978-986-319-671-6

本書獲 財團法人 國家文化藝術基金會 National Culture and Arts Foundation NCAF 創作補助

Gaea

GAEA